Eduard Freundlinger · Der Coronator

D1673916

Eduard Freundlinger

DER CORONATOR

QUARANTÄNE-CHRONIKEN

Privatdruck Mai 2020
© 2020 Eduard Freundlinger
Layout, Satz: Johanna Conrad, Buch&media GmbH, München
Umschlaggestaltung: Maria Nikolaeva
Gesetzt aus der Adobe Garamond
Printed in Europe

INHALT

Für meine geliebte Familie.

Ihr habt es mit viel Geduld und Liebe geschafft, dass ich (ein kreativer Krimiautor) während unserer gemeinsamen Quarantänezeit nicht zum Serienmörder mutierte. Dafür danke ich euch von Herzen!

VORWORT

Als dieses Buch entstand, befand sich die Welt in einem noch nie da gewesenen Ausnahmezustand. Die Lage war verheerend, unzählige Menschen erkrankten, verstarben oder verloren durch Corona ihre Existenz. Zudem war kein Ende abzusehen, ganz im Gegenteil. Ich zögerte immer länger, meine Quarantäne-Chroniken täglich live im Internet zu veröffentlichen. Ich befürchtete, man könnte meinen Galgenhumor als unangemessen erachten. Doch stets von Neuem überzeugten mich zahlreiche Leserinnen und Leser, dies bitte weiterhin zu tun. Schließlich ist Lachen die beste Medizin. Da haben sie völlig recht, dachte ich, und stellte dieses Buch in den Dienst der Menschheit. Solange kein Impfmittel gegen Covid-19 erfunden wird, ist die Lektüre von ›DER CORONATOR‹ der beste Wirkstoff gegen dieses verdammte Virus.

DIE CORONATOR-GEHEIMAKTE

Der Coronator wurde zusammen mit seiner Familie (Frau, zwei verzogenen Teenager-Töchtern, Hund & Katze) in Andalusien von der spanischen Regierung für einen unbestimmten Zeitraum für wissenschaftliche Zwecke unter Quarantäne gestellt. Das Ergebnis dieser verstörenden Studie wurde nach der Auswertung unter Verschluss gehalten. Und zwar aus gutem Grund!

Dank CoronaLeaks gelangte dieses streng geheime Dossier jedoch an die Öffentlichkeit, und verbreitet sich seitdem wie ein gefährliches Virus …

ÜBER DEN AUTOR

Die Geschichte basiert auf halbwahren Begebenheiten. Während der durch das Coronavirus bedingten spanischen Ausgangssperre führte Eduard Freundlinger (Daueranwärter auf den Nobelpreis für Literatur) zum ersten Mal in seinem langweiligen Leben Tagebuch. Unter Quarantäne mit seiner Frau und den beiden Teenager-Töchtern sollte dieser kreative Prozess dem Autor dabei helfen, nicht wahnsinnig zu werden. Trotz all seiner Bemühungen gelang ihm dies nicht mal ansatzweise …

DIE QUARANTÄNE-CHRONIKEN

Wie wendet man sich eigentlich an ein Tagebuch? Und soll ich es überhaupt so bezeichnen? Oder sollte ich lieber mit Anglizismen um mich werfen? Dear Diary? Corona-Liveticker? Ich nehme einfach mal die nahe liegendste Anrede, auch wenn es sich ziemlich nach meinen pubertären Töchtern anhört:

Liebes Tagebuch,

heute entschied ich mich, während der Quarantäne zum ersten Mal im Leben Tagebuch zu führen. Und zwar aus gutem Grund: Zuletzt wurde ich nicht gerade vom Glück gestalkt, und deshalb könnte es durchaus sein, dass ich A): mich trotz aller Maßnahmen mit dem Virus infizieren werde oder es bereits habe und B): Corona nicht überleben könnte. Sollte dies der Fall sein, werden die Einträge die letzten Zeilen in der beispiellosen Karriere des berühmten, angesehen und mit Literaturpreisen überhäuften Bestsellerautors Eduard Freundlinger sein.

(Dass dies alles erst frühestens an meinem 80. Todestag eintreten wird, falls überhaupt, muss man ja nicht überall herumposaunen.)

Eines möchte ich gleich von vornherein klarstellen, liebes Tagebuch: Ich bin Autor FIKTIVER Romane und als solcher ist es mein Job, Geschichten zu erfinden. In diesem Büchlein werde ich mich zwar soweit wie möglich an die Tatsachen halten, behalte mir jedoch das Recht vor, ein klein wenig zu unter- oder zu übertreiben und gewisse Fakten nach Bedarf zu verdrehen, sollte dies dem Verlauf der Geschichte dienen. Wenn der amerikanische Präsident das darf, sollte auch mir das erlaubt sein. Außerdem: Tagebucheinträge über Hausarrest wären ohne etwas Fantasie oder Augenzwinkern langweiliger als Gras beim Wachsen zuzugucken. Und bestimmt hilft Galgenhumor gegen Quarantäne-Blues. Da wir uns aber noch gar nicht kennen, stelle ich dir am besten erst mal die Protagonisten unserer Corona-WG vor. Ich werde mich kurzfassen:

DER CORONATOR

- Literarischer Überflieger mit Triebwerksproblemen.
- Hoffnungsvoller Albträumer.
- Erschütterlicher Optimist.
- Azubi-Macho.
- Chronisch unterzuckert und übersäuert.
- Ermüdlicher Kämpfer gegen fast alles.
- Härter als Chuck Norris' Karatelehrer.
- Wird von seiner Frau dirigiert.
- Wird von seinen Töchtern drangsaliert.
- Wird von seinen Haustieren terrorisiert.

TT1 (Teenager Tochter 1)

- Die Greta Thunberg des Feminismus.
- Hat einen IQ wie Einsteins Klobrille.
- Ist rebellischer als Che Guevaras Hausziege.

TT2 (Teenager Tochter 2)

- Die Pipi Langstrumpf des digitalen Zeitalters.
- Andalusische Landesmeisterin in rhythmischer Gymnastik.
- Zwölf (schulische) Verwarnungen. Zuhause haben wir das schon längst aufgegeben.

MvH (Miss von Hinten)

- Darf nur von hinten fotografiert werden, um dem Coronator nicht die Show zu stehlen.
- Horoskop. Yoga. Meditation. Vegetarische Ernährung. (Noch Fragen?)
- Hat als ehemalige Sowjetin trotzdem Kalinka unter dem Hintern.

NKC (Nacktkatze Catalina)

- Stammt von Kleopatras Hauskatze ab.
- Dreimalige Siegerin der Wahl zur Miss ›Hässlichste Katze Andalusiens‹.
- Miaut mit 100 Dezibel vor dem Homeoffice des Coronators, wenn sie Hunger hat. Und sie hat IMMER Hunger.

HMA (Hund Marley)

- Einziger treuer Verbündeter des Coronators.
- Bellt draußen gefährliche Kampfhunde an.
- Fürchtet sich drinnen vor dem Staubsauger.

QUARANTÄNE-CHRONIKEN, EINTRAG 1

Sippenhaft für Fortgeschrittene,
und du musst mehr Sport treiben!

Liebes Tagebuch,

gleich nach dem Frühstück (Tiefkühllasagne mit Thunfisch und drei Esslöffeln süßen Senf) resümierte ich meine Lage: 148 Tage vor meinem 50. Geburtstag war es soweit! Ich, ein unbescholtener, liebenswürdiger, vertrauenerweckender, total braver und superehrlicher Zeitgenosse, hocke zum ersten Mal im Knast! Hausarrest, um präzise zu sein. »Confinamiento« hieß es im Dekret des spanischen Ministerpräsidenten, dessen Frau das Virus ebenfalls flachlegte und der deshalb besonders sauer auf Corona war. Wohl auch aus diesem Grund beschloss er derart drastische Maßnahmen für sein Volk, zu dem ich mich als Dauerausländer ja auch irgendwie zähle. Da ich selbst nach 25 Jahren ständigem Wohnsitz in Spanien noch immer nicht jedes Wort verstehe, gab ich »Confinamiento« in einen Online-Übersetzer ein: Es bedeutet so viel wie »Zwangsaufenthalt«, »Verbannung«, »Sicherheitsunterbringung« oder »Endlagerung«. Daraus wurde ich nicht wirklich schlau. Mit »Verbannung« könnte das Virus gemeint sein und mit »Endlagerung« bereits mein Leichnam. Ich nenne die Situation für mich einfach mal Quarantäne, bzw. in meinem konkreten Fall: Sippenhaft!

Vergangene Nacht schlief ich schlecht, und ich ahnte auch, woran das liegen könnte: an der Ungewissheit. Der Nachteil eines von der Regierung verordneten Hausarrests gegenüber eines vom Gericht verhängten Gefängnisaufenthalts liegt auf der Hand: Bei richterlichem Haftantritt weiß man schon, wie lange man hinter Gittern verbringen muss. Bei der Quarantäne ist das nicht so. Im Dekret stand zwar: Erst mal zwei Wochen und dann gucken wir weiter. Aber zwischen den Zeilen las ich dort außerdem: Machen Sie sich schon mal auf das Schlimmste gefasst, und seien Sie froh, wenn Sie übernächstes Weihnachten wieder auf die Straße dürfen.

Heute Morgen las ich mir erst einmal die neuen Verhaltensregeln genau durch. Vor allem die Dinge, die man weiterhin darf: Man kann in den Supermarkt. Was wir jedoch die nächsten 6 Jahre und 27 Wochen nicht nötig haben, sofern jeder von uns täglich mit seiner 150-Gramm-Reis- oder -Nudel-Ration auskommt. Man darf sogar zur Arbeit. Allerdings schreibe oder übersetze ich meine Bücher zu Hause. Man darf in die Apotheke oder zum Arzt. Aber wir sind gesund. Noch. Alles andere ist strengstens verboten und strafbar. Es gibt also für mich keinen Anlass rauszugehen. Tue ich es dennoch, breche ich das Gesetz und werde bestraft – was im Grunde eigentlich egal wäre, da ich seit heute ohnehin im Gefängnis hocke. Aber da ich, wie eingangs erwähnt, ein braver und ehrlicher Zeitgenosse bin, kommt das für mich natürlich nicht infrage. In dem Moment stupste mich eine schwarze Schnauze an. Mist, dachte ich, ich habe sehr wohl einen Grund, meine vier Wände zu verlassen. Ich durchforstete die Regierungsverordnung bis ins Kleingedruckte, fand aber keinen entsprechenden Hinweis. Um sicherzugehen, rief ich beim Obersten Gerichtshof in Madrid an.

»Verurteilte Gewalttäter wählen die 1.

Verurteilte Einbrecher wählen die 2.

Für geplante Straftaten wählen Sie die 3.

Für weitere Verbrechen haben Sie etwas Geduld. Wir verbinden Sie mit der nächsten virenfreien Mitarbeiterin.«

Erst nachdem HMA über eine Stunde später auf meine Hausschuhe gepinkelt hatte, war eine Dame bereit, sich mein Anliegen anzuhören:

»Señora, darf ich mit dem Hund raus, wenn ich keine Zimmerpalme im Wohnzimmer habe und beim Hamsterkaufen eine Vorratspackung Hunde-Pampers vergaß?«, fragte ich sie.

»Das weiß ich auch nicht.«

»Und wer könnte das wissen?«

»Mein Kollege, aber der ist gerade nicht im Büro.«

»Wann kommt er denn wieder?«

»Keine Ahnung. Der ist vorhin mit seinem Hund raus.«

Ich schnappte mir also die Hundeleine und trat mit Marley vor die Tür. Unsere übliche Runde durch das Viertel wagte ich nicht zu gehen. Man konnte ja nie wissen, ob man hinter der nächsten Straßenecke vom Militär mit einem Wasserwerfer geduscht wird. Also schlich ich mit HMA in der »Grünanlage« unseres Wohngebäudes im Sichtschutz von trockenen Sträuchern und dürren Baumstämmen herum – was natürlich laut Hausordnung strengstens verboten ist. Selbst die Plastiktüte für Marleys Morgentoilette vergaß ich in der Alarmstufe-Rot-Aufregung. Dass ich innerhalb von nur 24 Stunden derart auf die schiefe Bahn geraten könnte, hätte ich zuvor niemals für möglich gehalten.

Unbehelligt kehrten wir zurück in die Wohnung, deren Flur und Badezimmer von MvH in eine Seuchenschleuse umfunktioniert wurde. Zunächst galt es, sich die Hände und Füße mit Desinfektionsmittel zu schrubben, danach abwechselnd kalt und heiß zu duschen, Haare waschen, Fingernägel schneiden, Zähneputzen und Zahnseide nicht vergessen. Nach dem äußeren Virenschutz folgte der Innere: Drei Knoblauchzehen kauen, heißen Tee mit Essig trinken und mit einem großzügigen Glas

Wodka nachspülen – eine Kombination, die laut meiner Frau das stärkste Virus ausknockt wie ein Klitschko.

Danach business as usual. Ich arbeitete an der Übersetzung meines dritten Krimis ›Im Schatten der Alhambra‹ vom Deutschen ins Spanische. Corona hinderte mich leider nicht daran, diese schnöde Arbeit fortzuführen. Klar war ich nur halb bei der Sache und verfolgte die internationale Nachrichtenlage, ebenso wie die »Infizierten-Kurve« Spaniens: Vor zwei Tagen waren es ca. 2.500 Personen, gestern bereits 4.000 und heute knapp 8.000. Ich hätte TT1, die in Mathematik stets gute Noten nach Hause bringt, um eine Hochrechnung auf dieser Basis für die kommenden Tage oder gar Wochen bitten können, unterließ es jedoch lieber. TT1 und TT2 hatten ohnehin Besseres zu tun und guckten Netflix. Irgendeine US-Serie, in der die Weltbevölkerung durch ein heimtückisches Virus ausstirbt. Es gibt zwar einige wenige Überlebende, die in verwaisten Straßen umherirren wie ich heute Morgen mit Marley, aber die sehen uns allesamt nicht ähnlich.

Später hielten wir unsere ab sofort täglich anberaumte familiäre Krisensitzung ab, die ich mit staatsmännischer Souveränität leitete. Es standen folgende Punkte auf der Tagesordnung: TT1 wollte nicht länger gemeinsam mit 37 Gläsern grüner und 45 Gläsern roter Pesto-Sauce im Bett schlafen. TT2 wiederum nervten die 86 Marmeladengläser in verschiedenen Geschmacksrichtungen am Fußende ihres Schlafgemachs. Meine Frau, Krisenmanagerin par excellence, fand eine tolle Lösung und verstaute die Gläser in unseren Schuhen, die wir derzeit ohnehin nicht benötigen.

In meiner Funktion als Hauptverantwortlicher und Lagerleiter des Notfall-Lebensmittelbestands, öffnete ich ein Computerprogramm und fragte die Anwesenden nach der heute verzehrten Nahrung. Neben den mit der Küchenwaage abgewogenen Grundnahrungsmitteln, musste ich seitens meiner beiden Töchter ein halbes Glas Nutella, eine halbe Packung Toastbrot und eine ganze Packung Kekse in das Endzeit-Simulationsprogramm eintragen. Ich tadelte TT1 und TT2, auch weil sich dieser exzessive Konsum auf drastische Weise auf den Toilettenpapier-Bestand auswirken würde. Für Rationierungsmaßnahmen war es am ersten Tag jedoch noch zu früh.

»Aber davon hast DU doch die Hälfte gegessen!«, maulte TT1.

»Ja, das stimmt. Wenn nicht noch mehr!«, pflichtete ihr TT2 bei. Dabei sind sich die Beiden selten mal einig. Meine Frau griff dorthin, wo der süße Kram üblicherweise kleben bleibt, nämlich an meine Hüfte.

»Scheint so«, warf sie ein, und schon befand ich mich in der Defensive. Der erwartete Angriff ließ auch nicht lange auf sich warten:

»Wie stellst du dir das nun eigentlich vor? Nimmst du jetzt etwa jeden Tag ein Kilo zu? Du solltest dich mehr bewegen und Sport treiben!«

»Sehr witzig. Was kann ICH denn dafür? Mein Fitnesscenter ist zu, die Strandpromenade entlanglaufen darf ich nicht, Radfahren ist verboten, und selbst in die Berge kann ich nicht, weil die Straßen gesperrt sind!«

Ich lächelte siegessicher. Schließlich hatte ich die Argumente auf meiner Seite. Dagegen kämen nicht mal meine drei Damen an – dachte ich in meiner grenzenlosen Naivität.

»Ich habe heute Morgen Yoga auf der Terrasse gemacht«, konterte MvH. »Das könnten wir ab sofort gemeinsam tun. Oder mach meinetwegen Liegestütz, Kniebeugen und Sit-ups.

Du könntest sogar die beiden 10-Liter-Gebinde Olivenöl als Hanteln benutzen. Und was ist mit deinem Hometrainer in der Garage? Funktioniert der noch?«

»Ich glaube nicht. Außerdem haben wir nach den Einkäufen dafür keinen Platz übrig«, entgegnete ich trotzig.

»Ach, da finden wir eine Lösung!«, meinte MvH. Und so endete Tag eins der Quarantäne mit dem Abstauben meines alten Heimtrainers, liebes Tagebuch.

QUARANTÄNE-CHRONIKEN, EINTRAG 2

Mein Nachbar, der Desinfektionator,
und das Netflix-Drama.

Liebes Tagebuch,

gleich nach dem Frühstück (der Rest unserer sonntäglichen Paella mit drei Esslöffeln Pfirsichjoghurt) glaubte ich zu wissen, wie ich auf legale Weise aus der Quarantäne ausbrechen könnte: Im Auftrag der Nächstenliebe! Ich plante, bei älteren Nachbarn zu klingeln und ihnen anzubieten, für sie die Einkäufe zu erledigen oder zur Apotheke zu gehen. Auf der Etage über uns öffnete mir ein älterer Señor die Tür einen Spalt breit. Sein Anzug sah aus wie jener der Typen der Spurensicherung im Tatort. Durch seine Schutzbrille musterte er mich wie einen Leprakranken.

»Buenas días«, sagte ich.

»Komm bloß meiner Türklinke nicht zu nahe!«, antwortete er.

Ich hob die Hände wie bei einem Überfall.

»Äh, ja, sorry. Ich wohne im Stockwerk unter Ihnen und ich wollte Sie fragen-«

»Also bist du der, dessen Frau nachts immer so laut stöhnt?«

»Ähm, nein, da verwechseln Sie mich leider mit meinem Nachbarn. Sagen Sie mal, kann ich Ihnen behilflich sein? Benötigen Sie etwas vom Supermarkt oder aus der Apotheke?«

»Nein, ich habe von der Schweinegrippe noch genügend Konserven übrig.«

So rasch gab ich mich nicht geschlagen. Nicht in diesen Zeiten! Ich glaubte mich zu erinnern, den Herrn öfters in Begleitung jüngerer Damen gesehen zu haben.

»Und wie sieht es mit den blauen Pillen aus? Sie wissen schon … Haben Sie davon denn noch genug? Man weiß ja nie, wie sich die anfangs schlaffe Haltung der Regierung auf die Quarantänedauer auswirken wird.«

»Verschwinde!«, meinte er.

Resigniert trat ich den Rückzug an.

»Halt, warte!«, rief er mir hinterher.

»Es gibt doch etwas, dass du für mich tun könntest.«

Geht doch! Endlich komme ich raus, dachte ich triumphierend. »Ja?«, fragte ich in froher Erwartung eines weiten Botengangs.

»Ich desinfiziere gerade meine gesamte Wohnung inklusive aller Schränke. Dabei kannst du mir helfen. Aber komm mir bloß nicht zu nahe!«

Als ich drei Stunden später völlig desinfiziert zurückkam, erwartete mich bereits das nächste Problem. Inzwischen hatten TT1 und TT2 ihre Tagesroutine, bestehend aus Netflix, Instagram und Handy, in Angriff genommen. Sie konnten ihr Glück noch immer kaum fassen, dass die Schulen derzeit auf unbestimmte Zeit geschlossen blieben. Trotzdem schienen sie miese Laune zu haben. Sie fläzten auf der Couch und drückten hektisch auf die Tasten einer Fernbedienung.

»Papaaa. Netflix funktioniert nicht!«, jammerte TT1.

»Tja, weiß ich auch nicht warum.«

»Hast du etwa das Passwort geändert?«, fragte TT2 und glotzte mich argwöhnisch an.

»Quatsch, wieso sollte ich denn?«

»Na, weil du uns damit immer drohst!«, erwiderten sie unisono.

Das stimmt natürlich, aber noch hatte ich ja keinen Grund dafür. Ich versprach, mich des Problems anzunehmen, und loggte mich in »meinen« Netflix Account ein. Das Streaming-Angebot nutzen meine beiden Töchter und ihre ständig wechselnden besten Freundinnen. Für mich selbst reichen die Kapazitäten nicht. Rasch fand ich die Ursache des Problems: ›Leider konnten wir Ihre Kreditkarte nicht mit dem Rechnungsbetrag von 15,99 Euro belasten. Ihr Konto wurde deshalb gesperrt.‹

Wie konnte das denn angehen? Mein monatliches Ausgaben-Limit der Kreditkarte war doch noch längst nicht erreicht … oder? Doch dann erinnerte ich mich, dass ich letzte Woche einen Lkw mietete, damit zu Lidl fuhr und dort meine Hamsterkäufe mit dieser Karte bezahlte. Ich startete den Live-Chat:

Netflix: Wie kann ich Ihnen behilflich sein?

Ich: Leider gab es ein Problem mit meiner Zahlung. Ich kann das jetzt aber nicht beheben. Ich habe in Spanien zwei Bankkonten. Ich müsste erst zu dem Geldautomaten der einen Bank und dort Geld abheben, um den Betrag dann bei dem Geldautomaten der anderen Bank einzuzahlen. Das sind laut Google 1,3 Kilometer zu laufen, aber hier ist wegen Corona Sperrgebiet. Wir stehen unter Quarantäne und vor meiner Haustür wartet ein Panzer mit Tränengas.

Netflix: Tja, da kann ich Ihnen leider auch nicht weiterhelfen.

Ich: Das müssen Sie aber! Ich zahle den Betrag eben nächsten Monat inklusive Zinsen. Ohne die Androhung, bei Nichteinhaltung der Hausordnung jederzeit das Netflix Passwort ändern zu können, verliere ich jegliche Autorität als Familienoberhaupt. Derzeit ist es die Serie ›Sex Education‹, der ich es verdanke, dass meine Töchter den Geschirrspüler ausräumen, ihre Zimmer halbwegs in Ordnung halten und alle drei Tage den Fußboden schrubben. Ohne das Druckmittel ›räumt den Geschirrspüler aus, ansonsten ändere ich das Netflix Passwort schneller, als ihr das Wort Pandemie aussprechen könnt‹, verliere ich die allerletzte Kontrolle über die beiden.

Netflix: Das tut mir wirklich leid. Sobald Sie den Betrag bezahlt haben, wird unser Dienst aber sofort wieder freigeschalten.

Ich: Kann man das nicht anders regeln? Ich habe Toilettenpapier zu Hause. Massen davon! Wäre es ausgerollt und verknotet, würden die Lagen von Málaga bis Barcelona reichen. Klopapier ist doch die sicherste Währung in diesen Zeiten.

Netflix: Ich wünsche Ihnen noch einen schönen Tag.

So ein Mist, dachte ich. Zu den beiden Geldautomaten wage ich mich erst im Schutz der Dunkelheit, frühestens um 03:00 Uhr nachts und im schwarzen Jogging-Tarnanzug.

»Was ist denn jetzt mit Netflix?«, wollte TT2 wissen, der in der Zwischenzeit vor Aufregung drei weitere Pickel gewachsen waren.

»Es gab ein Problem mit der Bezahlung. Aber ich werde es lösen. Wollen wir heute mal was spielen? Wie wär's mit Monopoly oder Mensch ärgere dich nicht?«

TT1 und TT2 zogen Mienen, als hätten sie eine tote Ratte in ihren Schulranzen gefunden, ehe sie wieder auf ihre Handys glotzten.

»Ihr müsst den Geschirrspüler ausräumen«, wagte ich zu bemerken. »Vergiss es!«, glaubte ich zu vernehmen.

Danach konnte ich mich endlich meiner eigentlichen Aufgabe widmen, die heute besonders wichtig war: die Welt von dem Coronavirus zu befreien. Nach intensivem Studium unzähliger WhatsApp-Videos, Facebook-Beiträgen, Online-News, Verschwörungstheorien und YouTube-Videos bin ich zum führenden Virologen innerhalb der Familie avanciert. Ich möchte deine Seiten nicht mit unnötigen Details füllen, mein geschätztes Tagebuch, aber nach Auswertung der Datenlage bin ich zu dem Schluss gelangt, dass das Virus nicht sonderlich hitzebeständig ist. Ab welcher Temperatur es verglüht, kann ich zwar nicht mit Bestimmtheit sagen, aber ich schätze mal so zwischen 38 und 40

Grad zieht es Corona den Stecker. Blöd nur, dass meine Körpertemperatur nur knapp 37 Grad beträgt. Doch das ließe sich ja ändern. Etwa, wenn man sich der spanischen Sonne aussetzt. Was derzeit leider nicht möglich ist, weil der Strand abgeriegelt ist wie ein Minenfeld. Oder ich nehme ein heißes Bad. Was ebenfalls nicht möglich ist, da TT1, TT2 und MvH das lebensrettende heiße Wasser des Boilers zum Haare waschen vergeuden. Keine Ahnung, wofür das in diesen Tagen gut sein sollte. Instagram steht scheinbar nicht unter Quarantäne. Bliebe mir also nur literweise kochenden Tee zu trinken, aber ob das reicht? Toll wäre es, wenn ich 41 Grad Fieber bekäme. Aber das ist leider reines Wunschdenken. Fieber wäre ein super Mittel gegen das Virus, aber was macht die Schulmedizin? Senkt das Fieber durch Pillen und sabotiert dadurch unser Autoimmunsystem. Und Corona lacht sich im klimatisierten Körper ins Fäustchen.

Doch dann hatte ich eine geniale Idee. Ich stellte mir die Frage, wo auf der Erde es heiß genug wäre, um dieses Virus zu killen? Antwort: In der Wüste Sahara oder im Death Valley. Problem: Wie bekommt man bei all den gecancelten Flügen und den verschärften Einreisebestimmungen die gesamte Weltbevölkerung dorthin? Fazit: Unmöglich! Also fragte ich mich, wo ansonsten ausreichende Temperaturen vorherrschten?

Antwort: Na klar, in einer Sauna! Und fast jeder hat Zugang dazu.

Problem: Vorhin las ich folgende Meldung: ›Ab Dienstag werde in Deutschland der Betrieb von Fitnessstudios, Schwimmbädern und Saunen untersagt‹.

Es gab also genug zu tun in der Quarantäne. Denn wenn man schon mal die Gelegenheit hat, sich als Retter der Welt hervorzutun, so sollte man diese auch nutzen …

Ich kaufte mir zunächst für 72 Euro drei Aktien eines führenden Saunaherstellers. Dann schrieb ich an alle Gesundheitsminister Europas eine E-Mail und legte ihnen darin meinen Plan vor: Alle Saunen müssten rund um die Uhr und kostenfrei für die Bevölkerung geöffnet werden, um dem Virus flächendeckend einzuheizen. Sofern die Gesundheit der Bürgerinnen und Bürger dies erlaubt, ist ein Aufenthalt von zehn Minuten in einer auf mindestens 80 Grad erhitzen Sauna als gesetzlich verpflichtend anzusehen. Schon kurz darauf erhielt ich eine Antwort von Jens Spahn:

»Diese Idee hatte ich schon längst. Aber Merkel zieht nicht mit! Das koste zu viel Strom, und so weit sind wir noch nicht mit der Energiewende.«

Daraufhin verkaufte ich meine drei Aktien des Saunaherstellers mit einem Tagesverlust von 63,4 Prozent. Morgen melde ich mich wieder bei dir, liebes Tagebuch. Vorausgesetzt, mein nächtlicher Ausbruch aus der Quarantäne endet nicht in Polizeigewahrsam.

QUARANTÄNE-CHRONIKEN, EINTRAG 3

Mein neuer Traumjob als Paketbote,
und ein Riesenproblem namens EVAX.

Liebes Tagebuch,

gleich nach dem Frühstück (eine Dose Linseneintopf und drei Esslöffeln Erdbeermarmelade) hatte ich eine tolle Idee. Aber zunächst die gute Nachricht: Mein nächtlicher Ausflug zum Geldautomaten war von Erfolg gekrönt. Netflix funktioniert wieder und TT1 und TT2 sind happy. Dieses kleine Erfolgserlebnis gab mir Selbstvertrauen. Nachdem ich nachts die Wohnung verlassen konnte, ohne mit dem Wasserwerfer von der Straße gespült worden zu sein, wollte ich das trotz strikter Ausgangssperre heute auch tagsüber schaffen. Als Romanautor kann man mir ja einen gewissen Ideenreichtum nicht absprechen. Dass man den nicht nur zum Bücherschreiben verwenden kann, kam mir erst heute in den Sinn. Als ich dann auch noch über einen der 60 Umzugskartons stolperte, die ich für unseren Hamsterkauf benötigte, wusste ich, was ich zu tun hatte: einen Karrieresprung als Paketbote anzustreben.

Ein krisensicherer Job und das Potenzial ist enorm, dachte ich. Ich könnte Pakete quer durch Andalusien schleppen und niemand dürfte mich aufhalten. Aber erst mal wollte ich mich auf meinen Heimatort beschränken. Da ich nur von mir selbst die Postadresse kannte, notierte ich meinen Namen und meine Adresse als Empfänger und trat etwas ängstlich vor die Tür auf die verwaiste Straße. Ich bog um die Ecke und fühlte mich, als wäre ich aus Alcatraz ausgebrochen. Die Post, den Tierarzt und den Laden für Strickwaren passierte ich, ohne mit Tränengas besprüht zu werden. Als ich beim Eisenwarenladen erneut um die Ecke bog, stand ich einem Polizisten mit Sturmgewehr gegenüber. Mist. Ich kannte Ramón, den Chef der lokalen Polizeibehörde, leider besser, als es für diese Situation angebracht war.

Ramón trieb im selben Fitnesscenter Sport, wir spielten manchmal Paddel-Tennis und einmal waren wir mit unseren Frauen gemeinsam essen gegangen. Ich dachte, falls TT1 und TT2 mal etwas ausfressen sollten, konnte es nie schaden, mit dem lokalen Polizeichef befreundet zu sein. Ramón war mir auch stets freundlich gestimmt. Bis ich einen fatalen Fehler beging …

Vergangenes Jahr übersetzte ich meinen auf Deutsch erschienenen Debütkrimi ›Pata Negra‹ ins Spanische und schenkte dem Boss der Lokalpolizei stolz ein Exemplar. Leider hatte ich inzwischen völlig vergessen, dass die vielen Mordfälle, die darin in meinem andalusischen Heimatort vorkamen, nicht aufgeklärt wurden, weil die lokale Polizeibehörde dafür nämlich viel zu dämlich war. Das führte ich meinen Lesern auf jeder einzelnen der insgesamt 432 Seiten des Romans in aller Deutlichkeit vor. Seither suchte der Polizeichef verzweifelt nach Gründen, mich zu verhaften – die ich ihm bisher jedoch nicht lieferte. Nun jedoch fiel Ramóns Blick erst auf meine Aufmachung und dann auf die Handschellen an seinem Gürtel.

»Was willst DU denn auf der Straße?«, fragte er mich.

»Ähm, ich trage ein superwichtiges Paket aus.«

»Ich dachte, du wärst Autor und schreibst miese Krimis, die mit der Realität der Polizeiarbeit absolut nichts zu tun haben?«

Mist, der ist immer noch stinksauer.

»Ich habe nun einen Nebenjob als Paketbote. Die Menschen kaufen ja immer mehr online ein.«

»Was ist denn da drin?«

»Keine Ahnung. Ich bin ja nur der Überbringer.«

»Wo wohnt der Empfänger?«

»Irgendwo hier in der Nähe. Ich werde dann mal weiter nach seiner Adresse suchen. Schönen Tag noch …«

»MOMENT!«, sagte er, schielte auf den Empfänger und sprach meinen Namen und meine Adresse laut aus. »Das ist gleich hier um die Ecke«, meinte er und wies mit der Hand in die Richtung, aus der ich ihm gerade vor die Schnellfeuerwaffe gelaufen war.

»Eduard Freundlinger … heißt DU nicht so?«

»Tja, also, ich-«

»Du überbringst dir also selbst ein Paket, weißt aber nicht, wo du wohnst?«

»Nein, ich … hab mich wohl vertan. Destinatario und Remitente … Ich verwechsle die Wörter für Empfänger und Absender selbst nach 25 Jahren in Andalusien immer noch, kannst du das glauben?«

»Nein, kann ich nicht. Du bist also nicht der Empfänger, sondern der Absender?«

»Korrekt. Aber ich muss jetzt los. Wir Paketboten stehen mächtig unter Zeitdruck.«

»Ich dachte, du wüsstest nicht, was in dem Paket ist?«

Das zufällige Treffen gestaltete sich zusehends zum Verhör.

»Nun, es hat ja meine Frau gepackt.«

Ramón mustert das Paket von allen Seiten.

»Wenn DU der Absender bist, wer ist dann der Empfänger? Der steht hier nämlich nirgends drauf.«

»Also …«

»Weißt du, wie das für mich aussieht? Du umgehst vorsätzlich die verhängte Ausgangssperre, indem du auf illegale Weise ein leeres Paket Gassi führst!«

Der Typ ist leider schlauer, als er in meinen Krimis wegkommt.

»Ganz so ist es nicht. Ich mache das zu Trainingszwecken. Das ist bei DHL so Vorschrift. Die ersten 50 Pakete müssen zur Übung ohne Empfänger ausgetragen werden, um sie nicht unnötig in Gefahr zu bringen. Als Bulle darfst du am ersten Tag der Grundausbildung ja auch nicht gleich bei einer Geiselnahme rumballern, oder?«

»Weißt du überhaupt, welche Strafen dir bei Nichtbeachtung der Ausgangssperre drohen?«

Es wurde langsam Zeit, meinen vorletzten Trumpf auszuspielen:

»Jetzt fällt mir auch wieder ein, was sich in dem Paket befindet: 20 Klopapierrollen! Habt ihr denn noch welche zu Hause?«

»Soll das etwa ein Bestechungsversuch werden? Das wird ja immer besser mit dir! Deine Monate im Gefängnis summieren sich gerade schneller als die Zahl der Virus-Infizierten in Andalusien.«

»Solltest du das mit deinem reinen Gewissen und der Ethik deines Berufsstands nicht vereinbaren können, mein lieber Ramón, so bezeichne es eben als Beschlagnahmung gestohlener Ware.«

»WAAAS? Du hast das Klopapier auch noch gestohlen?«

»Was denkst du denn? Bei diesen Schwarzmarktpreisen könnte ich mir das niemals leisten. Und überhaupt …«

Ich zögerte kurz, ehe ich meinen allerletzten Trumpf ausspielte:

»Das ist doch auch schon egal, oder? Vielleicht habe ich ja nicht mehr lange zu leben«, sagte ich und nieste kräftig in meine Hand. »Jetzt kannst du mich gerne verhaften und einsperren. Aufgrund meiner Symptome würde ich Einzelhaft vorschlagen«, sagte ich und streckte ihm die Hände für seine Handschellen entgegen. Ramón flüchtete, als wäre ich ein Terrorist mit Sprenggürtel. Selbst das Paket durfte ich behalten. Trotzdem beschloss ich, meinen Job als Paketbote an den Nagel zu hängen und mich wieder in meine sicheren vier Wände zu begeben.

Dort angekommen, fiel mir als erstes das Sprichwort ›vom Regen in die Traufe ein‹. Im Wohnzimmer tagte bereits der familiäre Krisenstab. Ich nahm meinen Platz als Corona-Vorsitzender ein und befürchte das Schlimmste. Auf dem Tisch lag eine kleine leere Hülle. Darauf stand EVAX. Noch nie gehört.

»Was ist das?«, fragte ich in die Runde.

»Monatsbinden!«, klärte mich TT1 auf.

»Da waren mal welche drin!«, präzisierte TT2.

»Dann öffnet eben eine neue Packung und gebt mir Bescheid, wie viele übrig sind, damit ich das in mein Warenbestandsprogramm eintragen kann.«

»Das WAR die letzte Packung, Papa!«, sagte TT1 mit weinerlicher Stimme. Nun wusste ich auch, welche meiner Damen unter diesen Beschwerden litt. Als Krisenmanager musste man jedoch Ruhe ausstrahlen. Ich nahm meine Tochter in den Arm.

»Das ist doch kein Problem, mein Schatz! Wir haben ein halbes Schlafzimmer voller Toilettenpapier, Servietten, Küchenrollen und Taschentüchern. Wir haben sogar feuchte Allzweckreiniger, mit denen kann man im Badezimmer Kalk und Urinstein beseitigen. Die müssten sich doch auch für das bisschen Blut perfekt eig-«

»PAPAAA!!!«

MvH kniff in meinen Arm und klärte mich auf, dass für Frauen keine dieser Optionen infrage käme. Oh Mann. Tag drei der Quarantäne und schon hatten wir einen Versorgungsengpass.

»Warum hast du denn die nicht gekauft, als du letzte Woche mit dem Lkw zu Lidl gefahren bist?«, beschwerte sich TT2.

»Ich konnte ja auch nicht an ALLES denken. Und überhaupt: Welcher Mann denkt bei Hamsterkäufen schon an Monatsbinden? Ich vergaß sogar WEIN. Wie also sollte ich-«

»Dann musst du eben noch mal zum Supermarkt!«, meinte sie.

»Sinnlos! Dort gibt es jetzt nur noch veganes Hundefutter und Tofu-Bratwürste.«

»Dann bestell eben ein paar Packungen bei Amazon!«, sagte TT1.

»Zwecklos. Die lassen keine Paketboten mehr durch.«

»Woher willst ausgerechnet DU das wissen?«

»Aus Erfahrung! Glaub mir, ich weiß wovon ich spreche, junge Lady! Ok, lasst uns alle mal runterkommen und einige Berechnungen anstellen. Wie oft im Jahr habt ihr denn dieses Problem in eurem Alter? Zweimal, dreimal?«

»Bist du bescheuert? Einmal im Monat!«

Shit. Ich öffnete die Taschenrechner-App meines Handys.

»Also: Gehen wir von einer Quarantänedauer von 5 Jahren aus. Das macht 60 Monate x 3 Frauen = 180 Monatsbinden. Wo sollen wir nun 180 dieser Dinger herbekommen?«

Dass TT1 stets gute Noten in Mathematik nach Hause brachte, hatte ich ja in Episode 1 meiner Quarantäne-Chroniken bereits erwähnt, liebes Tagebuch. Deshalb war es auch nicht weiter verwunderlich, dass sie meine Rechnung umgehend korrigierte:

»HALLO? Geht's noch? Denkst du etwa, ich benutze während meiner gesamten Periode nur eine einzige Binde?«

Sie zog mein Handy heran und gab ein paar Zahlen in den Rechner ein. Kurze Zeit später hielt sie mir das Handy vor die Nase. Auf dem Display stand die Zahl 3.600.

»Wo gehst du hin?«, fragten TT1 und TT2.

»Desinfizieren!«, erwiderte ich und holte die Wodkaflasche sowie ein ziemlich großes Glas aus der Küche. Morgen melde ich mich wieder bei dir, liebes Tagebuch. Hoffentlich mit einer Idee, wie ich an 3.600 Monatsbinden gelange.

QUARANTÄNE-CHRONIKEN, EINTRAG 4

Mein infizierter Mittelfinger,
und Hund Marley am Limit.

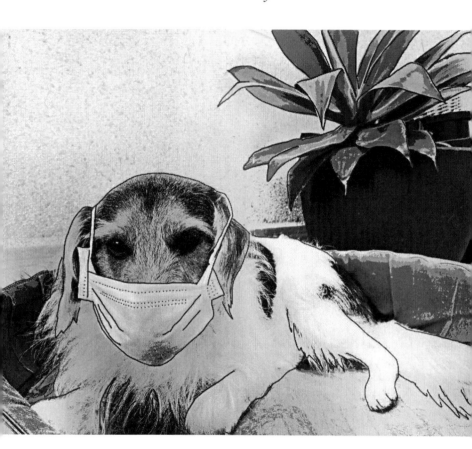

Liebes Tagebuch,

gleich nach dem Frühstück (eine halbe Dose Ravioli, Restbestand: 76,5 Einheiten) erledigte ich meinen Morgensport (120 Jogging-Runden in der Tiefgarage). Danach folgte mein Corona-Schnelltest (tief einatmen und 30 Sekunden lang die Luft anhalten, ohne dabei zu husten) und ich fühlte mich bereit, diesen schwierigen Tag in Angriff zu nehmen. Es galt immerhin, 3.600 Monatsbinden für TT1, TT2 und MvH zu besorgen. Ich band die Schutzmaske um, schnappte meinen Laptop und trat damit selbstbewusst vor die Tür auf die menschenleere Straße. Nachts hatte ich die Route penibel auf Google Earth berechnet. Mein Ziel war Sergej, ein russischer IT-Spezialist und Bekannter meiner Frau, der am anderen Ende meines Heimatorts wohnte, Computer reparierte und als Hacker im Auftrag des Kremls den letzten amerikanischen Wahlkampf beeinflusst hatte. Ich plante den Weg so, dass er mich an einem Tante-Emma-Laden vorbeiführte. Dort war schon vor Corona niemand hingegangen und ich hoffte, das wäre bis heute so geblieben. Ich spähte um ein paar Ecken, wartete falls nötig ab, bis die Luft rein war und stand kurz darauf in dem kleinen Gemischtwarengeschäft, das nicht größer war als unser zur Epidemie-Zentrale umfunktioniertes Wohnzimmer.

»Ich hätte gerne 3.600 Monatsbinden. EVAX Soft. Oder Always Ultra wären auch ok«, sagte ich zu der älteren Dame an der Kasse. Die Frau prustete so heftig, dass es ihr fast den Mundschutz zerriss.

»Was ist daran so komisch?«, erkundigte ich mich.

»Viel Glück!«, sagte sie, als sie sich wieder halbwegs beruhigt hatte, und machte eine einladende Geste.

Ich ging zwischen leer gefegten Regalen hindurch. Lebensmittel und Hygieneartikel waren längst alle. Nur in der Küchenabteilung fanden sich noch vereinzelte Waren: Pappteller, Plastikgabeln, sogar eine kleine Handschaufel für den Garten – mit der ich einen Fluchttunnel bis zum Strand hätte graben können, würde ich nicht in der ersten Etage wohnen. Es gab sogar noch drei Flaschen Spülmittel und ich überlegte, ob ich diesen Bestand leerkaufen sollte. Doch soweit ich mich erinnerte, hatten wir davon noch 27 Stück zu Hause. Im Regal darunter sah ich sie dann vor mir liegen: Zwar keine EVAX Soft oder Always Ultra, aber dennoch die Lösung meines dringendsten Problems! Triumphierend legte ich drei Stück davon vor die argwöhnische Kassiererin.

»Drei Euro 60«, meinte sie knapp. Zu ihrem einzigen Kunden könnte sie schon etwas freundlicher sein, dachte ich und ließ die Münzen aus einem halben Meter Höhe Sicherheitsabstand in ihre geöffnete Handfläche fallen. Und dann nahm das Drama seinen Lauf: Eine 20-Cent-Münze fiel daneben, und in einem unbedachten Moment legte ich sie in die Hand der Dame. Dabei berührte die Kuppe meines linken Mittelfingers für einen Wimpernschlag ihre Hand.

»Oh Gott! Kann ich mir hier irgendwo die Hände waschen?«

»Nein!«

»Haben Sie Desinfektionsmittel?«

»Nein!«

»Haben Sie eine Schere, damit ich mir die Fingerkuppe abschneiden kann?«

»Nein!«

Verdammt. Ich stopfte die Einkäufe in die Hosentasche und verließ den Laden. Die nichtinfizierten Finger meiner linken Hand rollte ich zur Faust ein, nur den verseuchten Finger streckte ich soweit wie möglich raus. Das Resultat sah zwar etwas unhöflich aus, aber es war ja ohnehin niemand unterwegs. Ich überlegte, ob ich direkt nach Hause in die Seuchenschleuse laufen sollte. Aber jetzt war ich schon so weit gekommen, nun wollte ich mich auch noch bis zu Sergej durchkämpfen und dort die Hände desinfizieren. Dazu, liebes Tagebuch, musst du wissen, dass ich die halbe Nacht lang recherchiert hatte und nun zu wissen glaubte, wer hinter Corona steckt. Doch leider war ich bald an meine virtuellen Grenzen gelangt, die der Hacker hoffentlich zu überwinden wüsste.

An der nächsten Straßenecke lachte mir die Sonne zum ersten Mal seit vier Tagen ins Gesicht. Obwohl die Kuppe des Mittelfingers meiner linken Hand mit 95-prozentiger Wahrscheinlichkeit mit dem Coronavirus infiziert war, überkam mich eine leichte Euphorie. Die an der übernächsten Straßenecke schon wieder verpuffte. Dort starrte ich nämlich in ein Panzerohr. Im Gehäuse darüber öffnete sich eine Luke und eine Art Astronaut im Tarnanzug kletterte zur Hälfte hervor.

»Was zum Teufel machen Sie auf der Straße?«, brüllte er so in ein Megafon, dass man es bis zum Nachbarort hören müsste. Trotzdem jagte mir der Typ keinen Schrecken ein. Schließlich war ich auf solche Situationen rhetorisch bestens vorbereitet:

»Ich bringe meinen Laptop zum Experten. Er hat einen Virus.«

»Der Experte?«

»Quatsch. Mein Laptop!«

Das Megafon blieb eine Weile still. Inzwischen hatten sich bereits Menschentrauben auf den umliegenden Balkonen gebildet.

»Gehen Sie nach Hause! Und zwar SOFORT!«

»Aber ich muss meinen Laptop reparieren lassen. Ich brauche ihn doch zum Schreiben. Ich bin ein berühmter Autor und die ganze Welt wartet auf mein neues Buch!«, übertrieb ich ein klein wenig und nutzte die Aufmerksamkeit Dutzender Gaffer auf den Balkonen und in den Fenstern für eine gezielte Marketingaktion:

»Wenn Sie mir nicht glauben, so gehen Sie in einen Buchladen! Meine Krimis auf Spanisch heißen ›Pata negra‹ und ›Finca negra‹. Es geht darin um einen Serienmör-«

»VERSCHWINDE!!!«, brüllte der Typ auf dem Panzer. Vielleicht war er nur wegen meines verseuchten Mittelfingers sauer, den ich ihm entgegenstreckte wie er mir sein Kanonenrohr.

»Wie lange dauert denn eure Militärparade?«, fragte ich höflich.

»Das ist keine Militärparade, sondern ein Sperrgebiet!«

»Wieso das denn? Sind etwa Terroranschläge zu befürchten?«

»Willst du mich verarschen?«

Ich zuckte ahnungslos mit den Achseln, sodass mein Laptop beinahe zu Boden fiel.

»Vielleicht wären Sie so freundlich, mich kurz aufzuklären, was hier vor sich geht? Sie müssen wissen, dass ich seit dem 1. Januar dieses Jahres striktes Digital Detox praktiziere!«

»Was soll das denn sein?«, hallte es aus dem Megafon.

Um den Militaristen nicht falsch zu informieren, was womöglich strafbar wäre, kramte ich mein Smartphone hervor und las den entsprechenden Eintrag auf Wikipedia vor:

»Digital Detox beschreibt Bemühungen der Reduktion und des Entzuges des Gebrauches digitaler Geräte und Medien. Innerhalb einer bestimmten Zeitspanne wollen die Betroffenen auf die Nutzung elektronischer Geräte wie Smartphones, Tablets oder Computer und auch des Fernsehens und des Internets vollständig verzichten.«

»Wie lange geht das schon?«, fragte mich Rambo im Panzer.

»Dazu habe ich mich an Silvester entschieden. Andere beschließen, zum 1. Januar zum Rauchen, Trinken oder mit dem Fleischessen aufzuhören und bei mir war es eben Digital Detox. Super Sache übrigens. Kann ich Ihnen nur empfehlen. Es ist zwar nicht einfach durchzuhalten, aber am Monatsende ist meine dreimonatige Kur rum und bis dahin ist mein Laptop hoffentlich schon wieder von seinem Virus geheilt.«

»Du hast also noch NIE etwas von Corona gehört?«

»Doch, aber ich bevorzuge deutsches Bier. Aber mal was anderes: Wissen Sie zufällig, wie es in der spanischen Liga steht? Führt Real Madrid oder Barcelona?«

»Wieso trägt der dann eine Schutzmaske?«, mischte sich eine Frau auf den Zuschauerrängen der umliegenden Balkone lautstark ein.

»Genau! Der Idiot bringt uns alle in Lebensgefahr!«, schrie ein Mann in der neunten Etage durch ein vergittertes Fenster.

»Weil ich gegen Pollen allergisch bin!«, brüllte ich zurück.

Daraufhin schloss Rambo die Luke über sich. Scheinbar hatte er genug gehört. Dann vernahm ich ein metallenes Geräusch – als würde eine Panzerfaust ins Rohr geschoben. Plötzlich landeten von den Zuschauerrängen geworfene Eier und Tomaten vor meinen Füßen. So schnell ich konnte, lief ich in unser Quarantäne-Quartier zurück und verharrte dort zwei Stunden in der Seuchenschleuse im Flur.

Danach beraumte ich eine dringliche Sondersitzung des familiären Krisenstabs ein. Eigentlich wollte ich meine Familie zerknirscht um Vergebung bitten, aufgrund meiner Unvernunft ungeschützten Körperkontakt mit einer anderen Dame gehabt zu haben. Doch dann überlegte ich es mir anders. So wie ich meine Frau kenne, könnte sie das womöglich in den falschen Hals bekommen.

»Hast du die Binden besorgt?«, holten mich TT1 und TT2 aus den Gedanken.

»Klar! Also Evax Soft und Always Ultra gab's jetzt direkt nicht, aber ganz was Ähnliches. Ihr werdet stolz auf euren Vater sein! Aber sagt mal ... was ist mit HMA los? Der liegt völlig kaputt in seinem Bettchen und kam mich nicht mal an der Tür begrüßen?«

»Marley hatte heute eben viel tun«, sagte TT2, vor der ein Berg 2-Euro-Münzen lag.

»Was soll das heißen: ›viel zu tun‹?«, hakte ich nach.

TT2 rollte mit den Augen, wie sie es immer tat, wenn ich ihrer Meinung nach schwer von Begriff war.

»Gassigehen ist in einem gewissen Rahmen erlaubt. Wir vermieten Marley an unsere Freundinnen, die selbst keinen Hund haben. Fünf Minuten, zwei Euro! Was ist denn nun mit den Binden?«

Feierlich überreichte ich meinen drei Damen je eine grüne Binde.

»Aber Papa, das ist ein ... KÜCHENSCHWAMM!«

»Ich weiß. Was anderes gab's dort nicht. Am besten legt ihr die raue Seite nach unten.«

Die anschließende (unschöne) Diskussion, bei der ich wie immer den Kürzeren zog, erspare ich dir besser, liebes Tagebuch. Was ich aber noch kurz erwähnen möchte: Nachdem ich gestern die halbe Nacht lang recherchiert hatte, bin ich dem Schuldigen des Coronavirus hart auf den Fersen. ’Wer hat's erfunden?’

Genau: Die Spur führt in die Schweiz! Jetzt ist es dafür bereits zu spät, aber gleich morgen früh werde ich dort anrufen und den obersten Boss dieses Unternehmens zur Rede stellen! Bis morgen ...

QUARANTÄNE-CHRONIKEN, EINTRAG 5

Der fast unbestechliche Checker,
und die dramatische Flucht im Privatjet.

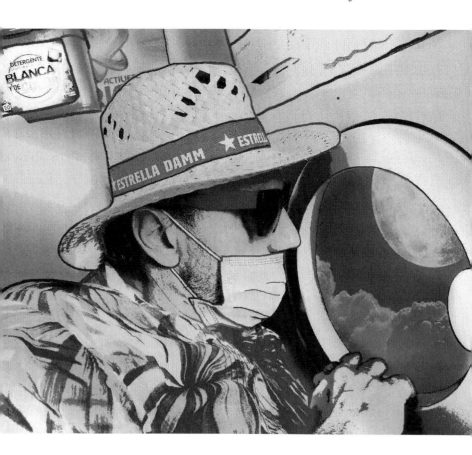

Liebes Tagebuch,

gleich nach dem Frühstück (eine Dose Chili con Carne, Restbestand: zum Glück nur noch 43 Einheiten) und dem Morgensport (500 Runden mit dem E-Mountainbike durch die Tiefgarage) war ich bereit für die Konfrontation mit den Schuldigen an dem Schlamassel. Meine Handyladung betrug 98 % und ich würde mich nicht abwimmeln lassen, ehe ich ein Geständnis hätte. Ich räusperte mich und wählte die Nummer mit Schweizer Vorwahl.

»Nova Viagratis Pharma, wie kann ich Ihnen behilflich sein?«

»Grüezi, ich möchte mit dem Manager sprechen! Und zwar zackig!«

»Aus welchem Bereich?«

»Na, den obersten Boss Ihres Ladens!«

»Und Sie sind …?«

»Ein berühmter Autor und unbestechlicher Enthüllungsjournalist!«

»Haben Sie auch einen Namen?«

»HA! Das würde Ihnen so passen! Damit Sie mir hinterher Ihre Auftragskiller auf den Hals hetzen! Nennen Sie mich einfach ›der Checker‹!«

»Also gut, Herr … ähm … Checker. Worum geht's denn bitte?«

»Um meine Recherchen bezüglich Covid-19.«

»Alles klar. Ich verbinde Sie dann mal weiter und wünsche Ihnen noch einen angenehmen Tag.«

Das ging ja einfacher als gedacht, dachte ich, und nippte an meinem Instant-Kaffee (Restbestand: 7.122 Tassen).

»Grüezi«, meldete sich der Manager nach einer Weile.

»Grüezi. Gleich vorweg: Ich habe Sie an den Eiern! Sie sind geliefert! Ich bin ein unbestechlicher Enthüllungsjournalist und meinem Quarantäne-Tagebuch folgen mehr Menschen als den Twitter-Beiträgen von Donald Trump!«

»Schön, aber-«

»Unterbrechen Sie mich nicht und lassen Sie mich etwas ausholen: Die Coronatis Corporation aus Kanada beantragte 2004 beim US-Patentamt ein Patent für folgende ›Erfindung‹: severe acute respiratory syndrome coronavirus. Falls Ihr Englisch dafür nicht ausreicht: schweres akutes respiratorisches Syndrom Coronavirus. 2006 wurde dieser Firma das Patent erteilt. Dazu musste ich nicht mal mein Rechercheteam im Homeoffice bemühen, fünf Minuten googeln reichten völlig aus.«

»Interessant, aber was hat das-«

»Das werde ich Ihnen gleich erklären, Herr Manager: Ebenfalls 2006, also im selben Jahr der Patenterteilung, wurde dieser kanadische Saftladen für mehrere Milliarden Dollar von einem Pharmakonzern geschluckt. So ein Zufall, was? Und jetzt raten Sie mal, wie dieser Konzern hieß, der durch die Übernahme in Besitz des Corona-Virus-Patents gelangte! Na, klingelt's? Die Nova Viagratis Pharma!«

»Moment, aber das ist-«

»NEIN, kommen Sie mir BITTE nicht mit dieser Nummer! Von wegen, es handele sich um eine klitzekleine Abweichung in irgendeinem verfluchten Gen dieses Virus. Bier ist Bier, Wein ist Wein, und Corona ist Corona. Und Sie besitzen sämtliche Rechte darauf!«

»Nun beruhigen Sie sich doch erst mal!«

»BERUHIGEN SOLL ICH MICH? Ich bin durch Ihre Schuld seit Tagen mit meiner Frau und zwei pubertierenden Töchtern eingesperrt, esse Dosenfutter zum Frühstück und halte mich mit mountainbiken in der TIEFGARAGE fit! Heute ist in Spanien Vatertag und meine Töchter gratulierten mir noch nicht mal, weil sie nun für ihre Perioden KÜCHENSCHWÄMME verwenden müssen!«

Das war das erste Mal seit Beginn der Quarantäne, dass ich ein wenig die Beherrschung verlor, liebes Tagebuch. Danach versuchte ich mich etwas zu beruhigen:

»Also, sprechen wir Klartext: Ich behaupte ja gar nicht, dass Sie persönlich diesen Virus in China verstreuten. Aber bestimmt werden Sie jetzt zuerst mit einem Schnelltest und dann mit einem Impfstoff um die Ecke kommen, oder? Ihr Aktienkurs hat verglichen mit anderen Pharmaunternehmen kaum an Wert verloren und wird bald durch die Decke gehen!«

»Hören Sie, wir könnten-«

»Nein, ich sagte bereits, ich bin völlig unbestechlich. Mich können Sie nicht mit 60 Dollar pro Aktie übernehmen! MICH NICHT! Da müssten Sie schon mindestens drei Nullen dranhängen. Also, was sagen Sie nun zu dieser erdrückenden Faktenlage?«

»Wir werden Ihren Anruf auswerten und Maßnahmen ergreifen.«

»Was soll das bedeuten: ›Maßnahmen ergreifen‹? Geben Sie endlich zu, hinter Corona zu stecken?«

»Kann ich Ihnen sonst noch behilflich sein, Herr Freundlinger?«

»Ja, sie sollen endlich – MOMENT, woher kennen Sie meinen Namen?«

Der Mann am anderen Ende lächelte und mein Bauch fühlte sich plötzlich an, als hätte ich einen Sack Eiswürfel verschluckt.

»Sie sind doch der Manager hier, oder?«

»Sozusagen.«

»Sozusagen?«

»Ich war Security Manager in Haus 4. Dort sind die betriebseigene Kita, das Fitnesscenter und die Kantine untergebracht. Aber das hat alles geschlossen. Sind alle im Homeoffice. Seitdem arbeite ich für den eigens für Typen wie Ihnen gegründeten radikalen Arm der UnSi. So was wie die Stasi, nur für Unternehmen. Ihr Anruf wurde aufgezeichnet und konnte bereits zurückverfolgt werden. Sie leben mit Ihrer Familie in Almuñécar, in Südspanien. Ich wünsche Ihnen einen schönen Tag und passen Sie gut auf sich auf!«

Mit diesen Worten legte der Typ auf. Das hatte ich nun davon. Erst schreibt man drei Krimis, killt in seiner Fantasie unzählige unschuldige Menschen, und im Gegenzug verwandelt einen das Karma in das nächste potenzielle Mordopfer eines realen Thrillers.

»Papa, was machst du denn da?«, fragte TT1 fünf Sekunden später.

»Frag nicht so blöd und hilf endlich mit!«, schimpfte ich und kurbelte hektisch sämtliche Jalousien nach unten.

»Wozu soll das gut sein?«, fragte meine zurecht besorgte Frau.

»Wegen der Scharfschützen!«, versuchte ich sie zu beruhigen.

Nachdem ich die Eingangstür mit den beiden Schlafzimmerschränken verbarrikadierte und alle Fenster verdunkelt waren, entzündete ich eine Grabkerze (Restbestand: 239 Stück) und beraumte eine dringliche Sondersitzung des familiären Corona-Krisenstabs ein.

»Es tut mir leid, aber ich fürchte ich habe in ein Wespennest

gestochen und nun ist man hinter mir her. Mir müssen schnells-
tens von hier verschwinden!«

»WER ist hinter uns her?«, fragten meine Töchter.

Ich wollte das Wort ›Auftragskiller‹ nicht in den Mund nehmen. Es könnte TT1 und TT2 nur unnötig beunruhigen.

»Böse Männer eben. So wie die Schurken in euren Netflix-Se-
rien!«

»Papa, wir haben in ganz Spanien Ausgangssperre«, erinnerte
mich eine meiner beiden superschlauen Töchter.

»Das weiß ich selbst am besten! Aber ab sofort geht es um
Leben oder Tod und nicht mehr nur um das Virus. Also packt
eure Koffer. Wir fliegen ans andere Ende der Welt, dorthin, wo
es noch keine Quarantäne gibt!«

»Drehst du jetzt völlig ab, Papa? Wir können nicht mal mit
dem Auto aus Almuñécar raus! Falls wir es nach Málaga zum
Flughafen schaffen sollten, startet von dort aus kein Flugzeug
mehr. Und selbst wenn wir noch eines erwischen sollten, wer
passt solange auf Marley und Catalina auf?«

Mist, da hatten meine Töchter leider Recht, liebes Tagebuch.
Also blieb mir nichts anderes übrig, als etwas zu improvisieren.

MvH müsste nur unsere Flucht im Privatjet filmen und das
Video hinterher veröffentlichen. Ohne Privatjet war das zwar
eine echte Herausforderung, aber mit etwas Fantasie und der
richtigen Kameraperspektive könnte es durchaus klappen,
dachte ich. Wenn etwas in unserem Haushalt wie ein Flugzeug-
fenster aussieht, dann ist es die Öffnung der Waschmaschine.
Ich kniete davor und lehnte den Kopf an die runde Trommel-
öffnung. MvH gab das Zeichen und drückte auf Play.

»Dies ist eine Videobotschaft an die Nova Viagratis Pharma.
Wie Sie sehen, gelang uns die Flucht vor Ihren Auftragskillern.

Wir befinden uns in 10.000 Metern Höhe über einem Ozean auf dem Weg in ein fernes Land. Es macht keinen Sinn, nach uns zu suchen«, sagte ich zum Fenster der Waschmaschinentrommel, während MvH mit dem Laptop die Borddurchsage einer Stewardess einspielte. »Eher finden Sie eine Nadel im Heuhaufen als uns, also versuchen Sie es erst gar nicht und pfeifen Sie Ihre Leute zurück. Ende meiner Videobotschaft!«

»Hast du es im Kasten?«, fragte ich meine Frau und rappelte mich an der Waschmaschine hoch, wodurch der Weichspüler zu Boden fiel.

Gemeinsam sahen wir uns das Video an. Es war zwar einigermaßen glaubwürdig, liebes Tagebuch, aber trotzdem ist nun nichts mehr, wie es war. Ab sofort könnte jeder Tagebucheintrag der letzte gewesen sein. Bis morgen. Hoffentlich …

QUARANTÄNE-CHRONIKEN, EINTRAG 6

Besuch zweier Auftragskiller,
und die entlaufene Sphynx.

Liebes Tagebuch,

gleich nach dem Frühstück (eine halbe Salami-Pizza mit drei Esslöffeln Himbeerjoghurt) und dem Morgensport (Zähneputzen und dabei Kniebeugen machen) gab es erst mal nichts zu tun. Ich las in einem Buch (Pascal Mercier, ›Das Gewicht der Worte‹), als es an der Wohnungstür klingelte und mir vor Schreck die Teetasse aus der Hand fiel – was bei nur 1.319 Teebeuteln Restbestand einen herben Verlust bedeutete. Scheinbar hatte mein Ablenkungsmanöver mit dem Privatjet doch nicht so gut funktioniert wie erhofft. Ich griff zu meiner Waffe, die ich für diese Zwecke längst neben der Eingangstür bereitgestellt hatte, und entsicherte sie schon mal. Dann spähte ich durch den Spion. Im dunklen Flur vor meiner Tür standen ein Mann und eine Frau. Der Typ hielt etwas graues Längliches in der Hand. Der Gegenstand war kaum zu erkennen, es konnte sich jedoch nur um eine Waffe handeln.

Am besten ich verhielt mich ruhig, damit sie dachten, es wäre niemand zuhause. Offiziell war ich ja mit dem Privatjet auf eine ferne Insel entflohen. Das entsprechende Video hatte ich gestern eigens auf der Facebook-Seite des von mir entlarvten Konzerns gepostet.

»PAPAAA! HAST DU MEIN HANDYLADEKABEL GE-SEHEN?«, schrie TT1.

»PSSST!!!«

Aber es war zu spät. Vor meiner Tür warfen sich Miss und Mister Auftragskiller einen vielsagenden Blick zu. Ich war enttarnt.

»Was wollt ihr?«, fragte ich die beiden durch die Tür.

»Wir sind-«

»Von der Nova Viagratis Pharma, ich weiß! Aber ich habe schlechte Nachrichten für euch: Ich bin bis an die Zähne bewaffnet und außerdem mit Corona infiziert. Also verschwindet!«

»Nein, wir-«

»Ach, hört doch auf! Wollt ihr mir etwa weismachen, ihr wärt Zeugen Jehovas? Ich bin zwar mit dem Virus infiziert, aber noch lange nicht bescheuert. Ich wette 10 Klopapierrollen, ihr seid Auftragskiller. Und jetzt haut ab, ehe ich meine guten Manieren vergesse!«

»Aber-«

»Nichts ›ABER‹! Gestern habe ich euren Konzern vor aller Welt als Patentbesitzer des Covid-19 entlarvt und heute schon steht ihr mit einer Waffe vor meiner Tür. Welche Schlussfolgerungen würdet ihr denn an meiner Stelle ziehen, hä?«

»Verstehen Sie denn nicht-«

»Doch! Ich verstehe sehr wohl, dass Sie hier sind, um mich zu töten. Ich bin schließlich Krimiautor! Normalerweise erfinde ich Schurken wie Sie an meinem Schreibtisch. Allerdings sind meine Serienkiller zehnmal cleverer als ihr zwei Schwachmaten!«

»Ich weiß nicht, wovon Sie-«

»Na, dann werde ich Ihnen das mal erklären: Gestern rief ich bei der Nova Viagratis Pharma an und ein Typ sagte, mein Anruf würde aufgezeichnet und zurückverfolgt. Dann sprach er von ›Maßnahmen ergreifen‹ und drohte: ›Sie leben mit Ihrer Familie in Almuñécar, Südspanien. Ich wünsche Ihnen einen schönen Tag und passen Sie gut auf sich auf‹. Ich fresse meine Schutzmaske, wenn sie beide nicht hier sind, um diese ›Maßnahmen‹ umzusetzen!«

»So hören Sie mir doch endlich-«

»Nein, jetzt hören Sie mir endlich mal zu: Als Krimiautor habe ich in meiner Fantasie bereits elf Personen auf perfide und teils bestialische Art und Weise abgemurkst. Da kommt es mir auf zwei weitere echte Morde auch nicht mehr an!«

Da die beiden trotz meiner massiven Drohung auch weiterhin keine Anstalten machten, das Weite zu suchen, blieb mir nichts anderes übrig, als meinen großspurigen Worten Taten folgen zu lassen, liebes Tagebuch …

Ich nutzte den Überraschungseffekt, öffnete die Tür, zielte mit meiner Waffe auf die beiden Attentäter und drückte ab!

Wäre dies einer meiner Krimis, liebes Tagebuch, dann wäre dies die geeignete Stelle, dieses Kapitel mit einem Cliffhanger zu beenden, um dann mit einem Szenenwechsel ein neues zu beginnen. Ich denke, das werde ich diesmal auch tun und die folgende unschöne Szene TT1 erzählen lassen:

Was sollte denn dieser Radau, fragte ich mich, und lief gefolgt von meiner Schwester durch den Flur zur Eingangstür.

»PAPA?«

»Geht zurück und versteckt euch unter euren Betten! Hier wimmelt es nur so von Auftragskillern«, antwortete Papa. Im Eingangsflur herrschte dichter Nebel. So als hätte jemand kiloweise mit Mehl um sich geworfen. Ich ahnte bereits, wer dieser Jemand gewesen sein könnte. Als sich der Nebel etwas lichtete, erkannte ich Papa mit einem Feuerlöscher in der Hand. Er sah aus wie ein Bäcker nach einer 36-Stunden-Schicht.

»SIND SIE VÖLLIG VERRÜCKT GEWORDEN?«, brüllte jemand. War das nicht unser Nachbar? Der Vater meiner achtbesten Freundin?

»Wir wollten nur Ihre Katze zurückbringen!«, schimpfte seine Frau. Sie sah aus, als wäre sie eben aus einer Kalkgrube gekrochen, und hielt ein weiß paniertes schlankes Ding mit Augen in der Hand: Catalina! Unsere Sphynx-Katze entwischt manchmal unbemerkt durch die Tür, wenn man abends beim Müllrausbringen nicht gut aufpasst.

»Warum sagen Sie das nicht gleich, verdammt?«, fluchte Papa und stellte den Feuerlöscher ab.

»Ließen Sie mich etwa zu Wort kommen?«

Ich nahm Catalina in den Arm, zog Dad zurück in die Wohnung und entschuldigte mich bei den Nachbarn. Nachdem er sich geduscht hatte, berief ich ein Quarantäne-Meeting am Wohnzimmertisch ein. Das diesmal ICH zu leiten gedachte!

»Papa, wir machen uns langsam Sorgen um dich!«, eröffnete ich die Sitzung.

»Dass solltet ihr auch! Immerhin werde ich von Auftragskillern verfolgt!«

»Quatsch. Wir machen uns Sorgen, dass du langsam verrückt wirst!«

»Längst zu spät …«, warf meine kleine Schwester ein.

»Im Ernst, du fantasierst viel zu viel. Und außerdem leitet Mom die Abteilung Verschwörungstheorien, also halte dich gefälligst aus ihrem Kompetenzbereich raus.«

Dad nickte zerknirscht.

»Und was uns anbelangt, so wollen wir nicht länger in dieser dunklen Höhle wohnen.«

»Na toll, dann ruft den spanischen Ministerpräsidenten an und bittet ihn, für euch die Ausgangssperre aufzuheben.«

»Damit meinte ich, wir sollten die Jalousien hochkurbeln und die Fenster zum Lüften öffnen.«

»Das kommt nicht infrage! Denkt an die Scharfschützen!«

»Es gibt hier keine Scharfschützen, Papa!«

»In euren Teenie-Romanzen auf Netflix vielleicht nicht, aber-«

»Dann stimmen wir ab. Wer ist dafür, die Jalousien zu öffnen?«

»Halt, Stopp, Moment: Das ist nicht fair!«

»WAS ist nicht fair? Leben wir in einer Demokratie oder in einer Diktatur? Also, wer dafür ist, bitte die Hände heben! Super: drei zu eins!«

Kurz darauf flutete Sonnenlicht unsere Wohnung und Dad flüchtete wie ein verblutender Vampir in sein abgedunkeltes Homeoffice.

QUARANTÄNE-CHRONIKEN, EINTRAG 7

Der Mülltüten-Wandertag,
und Lebensgefahr auf der Yogamatte.

Liebes Tagebuch,

gleich nach dem Frühstück (zwei Dosen Thunfisch mit drei Esslöffeln Bio-Haferflocken vermischt) brachte ich den Müll raus. Das hatte ich gestern vergessen und immerhin war das noch erlaubt. Leider war die Mülltonne vor dem Gebäude voll. Aber um die Ecke gab es ja einen weiteren Mülleimer. Ebenfalls randvoll. Ich ging zum Spielplatz am Rio Seco, einem ausgetrockneten Bachbett. Dort gab es auch bloß überquellende Müllbehälter. Das Personal der Müllbeseitigung arbeitet scheinbar im Homeoffice, vermutete ich. In normalen Zeiten würde ich kräftig fluchen, nun aber erkannte ich darin eine einmalige Chance. Ich kletterte in den Rio Seco hinab und folgte ihm ins gebirgige Landesinnere. In einem ausgetrockneten Flusslauf liegt zwar jede Menge Müll, aber es gibt keine Mülleimer. Sollte mich ein Sondereinsatzkommando mit Sturmgewehren aufhalten, so wäre ich mit meiner Mülltüte auf der verzweifelten Suche nach einem Mülleimer nichts weiter als ein umweltbewusster Bürger und kein hinterhältiger Quarantäne-Flüchtling. Nach zehn Kilometern kam ich an eine Abzweigung. Ein Pfad führte zwischen duftenden Pinienbäumen in ein tropisches Tal. Nach all den Konservendosen der vergangenen Tage genoss ich saftige Mangos, Papayas und Orangen, die dort üppig und reif von den Bäumen hingen. Danach führte der Weg in die Berge. Die Sonne schien, Vögel zwitscherten und die Aussicht ins Tal und über das Meer war grandios. Ich kam ins Schwitzen, genoss jedoch die Anstrengung nach tagelangem Nichtstun. Nach weiteren zehn Kilometern gelangte ich mit der Mülltüte als Rucksack an einen wunderschönen, glasklaren See. Außer ein paar Fischen im Wasser war hier niemand zu sehen. Ich zog mich nackt aus und schwamm einige Runden in dem kühlen Wasser. Danach setzte ich meinen Weg vergnügt pfeifend fort. Der Pfad führte rund um den See herum und endete an einem idyllischen Ausflugslokal. Obwohl auf der Terrasse mit Blick über den See niemand zu sehen war, schien der Laden geöffnet. Kurz darauf trat eine bildhübsche Kellnerin aus dem Gasthof und lächelte mir zu.

»Guten Tag«, sagte ich zu der jungen Dame.

»Hallo, schöner Mann«, antwortete sie.

»Ich würde furchtbar gerne eine Cerveza trinken«, gestand ich.

»Aber ich habe meine Geldbörse nicht eingesteckt. Schließlich wollte ich ja nur den Müll runterbringen.«

»Aber das macht doch nichts. Ich lade dich gerne auf ein Bier ein. Du kommst aus Almuñécar und das sind 40 Kilometer von hier. Du musst furchtbar durstig sein.«

»Ja, das bin ich tatsächlich, aber … woher weißt du-«

»Ich kenne dich. Du bist Eduard Freundlinger, der berühmte Autor! Ich wollte dich schon immer mal persönlich kennenlernen. Ich liebe alle deine Bücher und bin dein größter Fan! Jetzt besorge ich dir erst mal eine große Cerveza und hinterher gibst du mir ein Autogramm, einverstanden?«

Ich nickte eifrig und fühlte, wie ich rot wurde.

Es dauerte ziemlich lange, ehe die Bedienung zurückkam. Kein Wunder: Sie hatte nun die Haare anders, war plötzlich geschminkt und trug ihr schönstes Kleid anstatt der Uniform. Trotzdem konnte ich meine Augen nicht von dem perfekt gezapften großen Glas Bier lassen, das sie vor mir auf den Tisch stellte. Viel zu lange schon war ich nicht mehr in den Genuss solcher Freuden gekommen. Ich griff danach und-

»Halt, erst das Autogramm!«

Sie drückte mir einen Stift in die Hand. Ich blickte mich nach meinem Roman oder wenigstens einem Blatt Papier um.

»Ich habe deine Bücher als E-Books gelesen, aber du kannst mir direkt hier eine persönliche Widmung hinschreiben«, meinte sie und zog den Ausschnitt ihres Dekolletés noch etwas tiefer hinab.

»Also, ich weiß nicht …«

»Nun stell dich mal nicht so an. Ich weiß, du hast eine Frau, aber die hat schließlich Ausgangssperre.«

Also gut, dachte ich. Ein Autogramm ist ja nichts Verbotenes und es zu verweigern, wäre auch ziemlich arrogant. Ich tat ihr also den Gefallen und griff dann erneut zu dem Bier vor mir.

Ich hob es an, schloss die Augen, genoss die Vorfreude, und-

Verdammt noch mal! Was ist denn nun schon wieder! Die Kellnerin rüttelte heftig von hinten an meiner Schulter, sodass mir beinahe das Glas aus der Hand fiel. Wie aus weiter Ferne quasselte sie auf mich ein. Es klang nun aber gar nicht mehr so freundlich. Sogar ihre Stimme hatte sich verändert. Plötzlich sprach sie mit russischem Akzent. Es klang nach Putin bei der Militärparade. Ich versuchte genauer hinzuhören:

»… wenn du denkst, du kannst wegen der Ausgangssperre den ganzen Tag verpennen, so hast du dich getäuscht! Es ist fast 10:00 Uhr morgens, also raus aus den Federn. Du musst-«

Oh nein! Ich kniff die Augen zusammen und tastete nach dem Bier. Aber es war weg. Verpufft. Ebenso wie der See, das Lokal und die mich anhimmelnde Kellnerin im hübschen Kleid. Stattdessen zog mir meine gestrenge Frau im Pyjama die Bettdecke fort.

»Musst du mich ausgerechnet JETZT aufwecken?«, meckerte ich.

»Das hätte ich schon vor drei Stunden tun sollen. Deine Arbeit wartet! Wie viele Seiten hast du gestern geschrieben?«

Seit sich meine Frau schleichend in meine Managerin verwandelte – einen Job, den ich ihr gar nicht angeboten hatte –, ist sie die Stechuhr meiner Autorenkarriere.

»34«, antwortete ich, ohne zu erwähnen, dass sich diese Zahl auf geschriebene Worte bezog. »Hör mal, ganz Spanien ist derzeit auf Urlaub und nur ich sollte arbeiten? Das ist höchst unsozial!«

Ich schlurfte ins Badezimmer und als ich herauskam, erwartete sie mich mit einem gefürchteten Gegenstand.

»Nein, bitte nicht!«, flehte ich sie an.

Aber zu spät. Sie hatte mich schon auf die Waage geschubst.

»Da hast du es: 2,6 Kilo mehr als noch vergangene Woche! Wenn das so weitergeht, passt du am Ende der Ausgangssperre nicht mal noch durch die Ausgangstür!«

»Aber was soll ich denn machen, wenn mein Fitnesscenter-«

»YOGA!«, sagte sie und drückte mir eine eingerollte Matte in die Hand. Eben hatte ich noch wunderschön geträumt, um dann mitten in einem Albtraum aufzuwachen, dachte ich und folgte ihr auf die Terrasse, wo TT1 und TT2 gerade frühstückten.

»Papa, du hast gestern vergessen, den Müll rauszubringen. Jetzt stinkt es in der ganzen Wohnung nach der Sauerkrautkonserve, die du gestern Abend nicht aufgegessen hast!«

Ich zählte langsam bis 100. Das half, mein Aggressionspotenzial erheblich zu senken.

»Guten Morgen, meine lieben Töchter«, presste ich danach hervor.

»So, nun rollst du die Matte auf dem Boden aus und machst

meine Übungen nach«, befahl MvH, während TT1 und TT2 belustigt ihre Handys zückten, um meine peinlichen Verrenkungen Pixel für Pixel festzuhalten. »Moment mal! Diese Matte ist doch viel zu dünn. Was, wenn ich dabei stürze? Ich könnte mir sämtliche Knochen brechen!« Doch meine Frau kannte kein Erbarmen.

Schon beim sogenannten Sonnengruß knarzte mein Körper wie eine alte Holztreppe, beim Lotussitz riss mein Kreuzband, bei der Sphinx tanzten mir die ersten Bandscheiben aus der Reihe, bei der Übung herabschauender Hund verlor ich einen Meniskus sowie die linke Kniescheibe, und die Kriegerstellung zog mir endgültig den Stecker. Nun liege ich schon wieder im Bett, liebes Tagebuch. Mit Verdacht auf Bandscheibenvorfall, multiple Rippenprellungen, Schlüsselbeinfraktur und anderen Kleinigkeiten. Fazit: Ich sehne mir gerade die Auftragskiller der Nova Viagratis Pharma herbei. Aber so viel Glück ist mir wohl nicht beschieden. Nun versuche ich etwas zu schlafen. Vielleicht stellt sich ja der Traum von heute Morgen wieder ein. Aber auch davon kann ich wohl nur träumen …

QUARANTÄNE-CHRONIKEN, EINTRAG 8

Der russische Lügendetektor,
und Kreuzverhör mit dem Schwiegersohn.

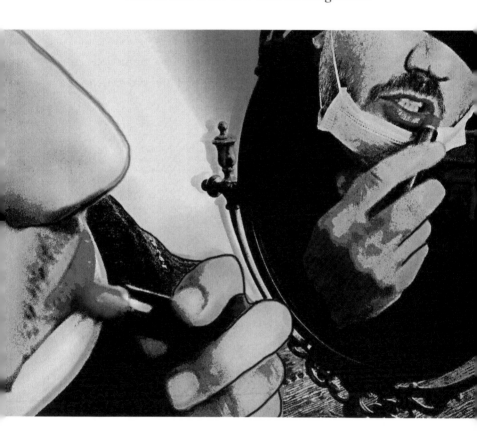

Liebes Tagebuch,

gleich nach dem Frühstück (100 Gramm harte Schokokekse und drei Esslöffel russischer Salat), klingelte es an der Tür. Nun war es also soweit. Ich wischte mir mit der Serviette über den Mund, ging in mein Homeoffice, unterzeichnete mein Testament, betete das Vater Unser, schloss die Augen und öffnete die Eingangstür.

»Bitte erledigen Sie Ihren Job wenigstens kurz und schmerzlos«, sagte ich mit erhobenen Armen zu dem Attentäter.

»Welchen Job?«

Ich öffnete die Augen. Vor mir stand ein junger Mann und weinte.

»Du bist also kein Auftragskiller der Nova Viagratis Pharma aus der Schweiz, dem von mir entlarvten Patentinhaber des Coronavirus?«

»Nein, ich-«

»Was willst du dann hier?«

»Ich hatte eben Sehnsucht.«

»Aber ich kenne dich doch gar nicht!«

»Nein, nach meiner Freundin. Ich vermisse sie so sehr.«

»Und was hat das mit mir zu tun?«, fragte ich den heulenden Bengel.

»Gar nichts. Ich wollte sie nur besuchen kommen«, sagte er.

»Ja, dann mach das mal«, sagte ich und drückte die Tür zu.

Als ich schon auf dem Weg zu meinem Heimarbeitsplatz war, klingelte es erneut.

»Ja, was ist denn noch, verdammt?«, schimpfte ich mit dem Jungen.

»Aber meine Freundin wohnt doch HIER! Sie hat mir gestern

extra eine WhatsApp mit diesem Standort gesendet«, sagte er und zeigte mir sein Handy. Auf dem Display sah ich meine Fußmatte, auf der der Bursche stand. Sie war mit einem roten Pfeil markiert.

»Dann haben sich die verdammten Satelliten eben getäuscht. Hier wohnen eine Katze, ein Hund, meine beiden Töchter, meine Frau und ich. Und jetzt zisch … Moment mal, Freundchen! Du willst doch damit nicht etwa andeuten …?«

Doch der junge Mann nickte und wischte sich Tränen von der Wange.

»Na, dann beweise es: Wie heißt meine Tochter, welche Haarfarbe hat sie und wo geht sie zur Schule?«

»Meine Freundin heißt Paula, hat wunderschönes kastanienbraunes Haar und wir gehen am Instituto Puerta del mar in dieselbe Klasse.«

Das traf leider alles auf TT1 zu. Ich musste mich am Türrahmen festhalten, liebes Tagebuch. Da öffnete man in freudiger Erwartung eines Auftragskillers, der diesem Spuk endlich ein Ende bereiten könnte, die Wohnungstür, und schon im nächsten Moment steht man seinem künftigen Schwiegersohn gegenüber. Dabei dachte ich, es könnte nicht mehr schlimmer kommen.

»Sie hat mir gar nicht erzählt, dass sie einen Freund hat …«

»Wir sind auch noch nicht lange zusammen. Dann wissen Sie also auch noch nichts von ihrer Schwangerschaft?«

»WAAAAAAS?«

»Kleiner Scherz, um das Eis zu brechen! Darf ich reinkommen?«, fragte er mich doch tatsächlich.

»Sag mal, hast du sie noch alle? Ich war schon vor dem Virus nicht sonderlich gastfreundlich, nun aber würde ich nicht mal den Repräsentanten einer Lotteriegesellschaft reinbitten, stünde dieser mit meinem Hauptgewinn vor der Tür. Außerdem ...«, fügte ich hinzu, weil mir der weinende Junge leidtat. »Außerdem ist sie nicht zu Hause!«

»Das glaube ich Ihnen nicht. Wir haben Ausgangssperre!«

»An die DU dich ja so vorbildlich gehalten hast!«

»Ich sagte ja schon, ich hatte Sehnsucht nach Ihrer Tochter. Ich wohne am anderen Ende der Stadt. Um hierher zu gelangen, musste ich mit dem Moped drei Polizeisperren durchbrechen, auf mich wurde von einem Helikopter aus geschossen und ich wurde fast von einem Panzer überrollt.«

»Warum heulst du dann wie eine Memme, wenn du angeblich so tapfer bist?«

»Ich wurde mehrmals mit Tränengas besprüht.«

Der Junge gefiel mir immer besser.

»Meine Tochter schläft noch. Sie und ihre Schwester gucken ja immer die halbe Nacht lang Netflix.«

»Darf ich solange hier warten?«, fragte er.

»Meinetwegen«, sagte ich und drückte die Tür vor seiner Nase zu.

Während ich im Homeoffice meine Schreibblockade zu durchbrechen versuchte, meldete sich mein schlechtes Gewissen zu Wort. Der Junge scheute keine Gefahren, um TT1 zu sehen. Vielleicht sollte ich etwas freundlicher zu ihm sein.

»Hör zu«, sagte ich zurück an der Eingangstür. »Ich würde dich ja gerne hereinbitten, aber aus naheliegenden Gründen ist mir das leider nicht möglich. Es gibt dort draußen keine Menschen mehr, sondern nur noch potenziell infizierte Subjekte. Zu denen auch du zählst! Ich sehe zwar 20 Jahre jünger aus als ich bin, trotzdem zähle ich mich beinahe schon zur Risikogruppe.«

»Aber wäre ich infiziert, wäre es doch ohnehin bereits zu spät.

Ich hätte das Coronavirus ja längst an Ihre Tochter übertragen und Paula dann an Sie.«

Ich streckte meinen linken Arm aus, packte ihn am Kragen und hob den Burschen einen Meter hoch in die Luft.

»Willst du damit etwa andeuten, du hattest Geschlechtsverkehr mit meiner Tochter? Und das auch noch UNGESCHÜTZT?«

»Nein, noch nicht. Nur-«

»Hast du deine verseuchte Zunge in ihren Rachen gesteckt?«

»Auch nicht, nur-«

»Bist du ihr jemals näher als drei Meter gekommen?«

»Na, das lässt sich bei 30 Schülern in dem kleinen Klassenraum auch kaum vermeiden«, gab er zu.

Ich setzte den Jungen am Boden ab.

»Also gut, komm rein! Aber rück mir bloß nicht zu weit auf die Pelle!«

Vielleicht hat Tränengas ja eine desinfizierende Wirkung, dachte ich und bat den Jungen, am gegenüberliegenden Ende unseres drei Meter langen Wohnzimmertisches Platz zu nehmen.

»Ok, du kannst hier so lange warten, bis meine Tochter aufwacht. In der Zwischenzeit gelten für dich folgende Hausregeln: Husten und Niesen ist strengstens verboten, Toilettenbesuche nur nach vorheriger Rücksprache und: nichts anfassen! Nicht mal den Tisch vor dir. Also leg deine Hände auf die Schenkel. Alles kapiert?«

Der Bursche nickte brav.

Nun hockte ich also mit meinem baldigen Schwiegersohn am Tisch und hatte ein großes Problem, liebes Tagebuch. Nach über einer Woche sozialer Ausgrenzung fehlte mir, ohnehin nicht sonderlich umgänglich, in diesem Bereich jegliche Kompetenz.

Zum Glück war ich auf diese Situation seit der ersten Periode meiner Tochter bestens vorbereitet.

Aber zunächst wollte ich den jungen Mann in Sicherheit wiegen:

»Hast du bereits gefrühstückt?«, fragte ich höflich. »Ich habe noch Ravioli übrig. Du kannst aber auch gerne Linsensuppe oder Chili con Carne haben.«

»Nein, danke. Sehr freundlich von Ihnen, aber ich bin wirklich nicht hungrig.«

Mein Schwiegersohn in spe schien offenbar gute Manieren zu haben. »Möchtest du etwas trinken?«

»Ein Glas Wasser wäre toll.«

Ich ging zur Hausbar und leerte unbemerkt eine halbe Flasche in ein großes Glas, das ich vor dem Jungen abstellte.

»Wie heißt du eigentlich?«

»Adrian. Darf ich das Glas anfassen?«

»Ausnahmsweise.«

Adrian trank einen großen Schluck. Schon im nächsten Augenblick prustete er mir die Flüssigkeit entgegen.

»Was ist das denn?«, beschwerte er sich.

»Mein russischer Lügendetektor«, klärte ich ihn auf.

»WAS?«

»Wodka! ›In vino veritas‹, heißt es doch. Und damit geht es noch flotter. Außerdem tötet Wodka Viren ab. Also trink erstmal und dann stelle ich dir einige Fragen.«

»Welche Fragen denn?«

Ich öffnete im Laptop die Excel-Datei mit dem Namen ›100 Fragen an potenzielle Schwiegersöhne‹.

»Reine Formsache«, beruhigte ich ihn. »Bist du bereit?«

»Ich weiß nicht, ob ich Ihre Fragen beantworten möchte …«

Ich warf Adrian über den Rand des Bildschirms einen gestrengen Blick zu.

»Jetzt hör mir mal gut zu, Muchacho! Wenn du hier den Jackpot in Form meiner Tochter abräumen willst, dann ist DAS der Einsatz dafür!«

Adrian grummelte etwas Unverständliches.

»Es sind nur 100 Fragen. Sie sind nach Prioritäten geordnet. Das bedeutet die Wichtigste zuerst und die Unwichtigste am Schluss. Also-«

»Moment! Kann ich wenigstens mit der letzten Frage beginnen? Zum Aufwärmen sozusagen?«

Meinetwegen, dachte ich und scrollte bis zum Ende der Liste.

»Liebst du meine Tochter?«

»Wie bitte? Und das ist Ihre letzte Frage?«

Ich nickte.

»Blöde Frage: Natürlich liebe ich Ihre Tochter!«

Ich machte einen Haken hinter der Frage.

»Siehst du, ist doch ganz einfach. Ehe wir nun zu den wirklich bedeutsamen Fragen gelangen, bitte noch einen Schluck aus dem Lügendetektor.«

Adrian würgte etwas Wodka hinab.

»Sehr schön. Nun zur eigentlichen Frage Nummer eins, und ich bitte um eine ehrliche Antwort: Bist du ein Gurkenrambo?«

»Ein WAS?«

»Ob du Veganer bist?«

»Was tut das denn zur Sache?«

»Ich bin der Küchenchef dieser Familie und möchte nur wegen dir ab sofort nicht sonntags anstatt unserer leckeren traditionellen Meeresfrüchte-Paella einen Brokkoli-Auflauf kochen müssen!«

»Ich würde eines Tages liebend gerne Ihre sicherlich vorzüglich schmeckende Paella ausprobieren«, antwortete der Junge.

»Wenn du dich bei deinem künftigen Schwiegervater einzuschleimen gedenkst, so wird das nichts. Das funktioniert bei mir genauso wenig wie dein schmachtender Blick mit deinen rehbraunen Augen. Wir sind hier nicht beim Flirten im Schulhof, sondern bei einem ernsthaften Kreuzverhör, dass ich im Übrigen aufzeichne.«

Adrian schluckte und starrte auf mein Handy, das zwischen uns auf dem Tisch blinkte. Erleichtert setzte ich hinter Frage eins einen Haken und konfrontierte ihn sogleich mit Frage Nummer zwei:

»Ist deine Familie reich?«

»Keine Ahnung. Mir gegenüber sind sie immer ziemlich knauserig.«

»Was arbeitet dein Vater?«

»Er ist der oberste Boss bei Iberia.«

»WAS? Etwa der größten spanischen Fluggesellschaft?«

Adrian nickte traurig.

»Oh Gott! Das ist ja schrecklich! Dann ist er ja so gut wie obdachlos. Deren Börsenwert ist um 107 % abgestürzt. Die halbe Flotte steht am Boden und die restlichen Flugzeuge sind mit Corona verseucht.«

Ich machte ein fettes Minus hinter Frage zwei. Aber Geld bedeutet bekanntlich ja nicht alles, und der Junge hatte noch genügend Fragen übrig, um sich als Schwiegersohn zu profilieren.

»Frage drei: Was gedenkst du später mal für einen Beruf auszuüben?«

»Früher wollte ich immer Rockstar werden, aber jetzt möchte

ich einen Beruf mit Zukunft erlernen: Klopapierrollen-Tester oder Schutzmasken-Designer oder sowas in dieser Art eben.«
»Kluge Entscheidung«, lobte ich den jungen Mann. Die nächsten 30 Fragen beantwortete er ebenfalls zu meiner Zufriedenheit. Als wir bei Frage Nummer 50 angelangt waren und ich ihm großzügig Wodka nachschenkte, brach ich den Eignungstest vorzeitig ab. Adrian hatte ihn jetzt schon mit Auszeichnung bestanden. Ich nahm meinen etwas alkoholisierten künftigen Schwiegersohn in den Arm, küsste ihn auf beide Wangen und leckte ihm als Zeichen meiner tiefen Verbundenheit den verschütteten Wodka vom Handrücken. Dann tranken wir Bruderschaft, leerten dabei unsere Gläser auf ex und küssten uns auf den Mund.

»Aber was ist mit dem Corona?«, fragte er.

»Egal, du gehörst ja jetzt zur Familie, mein Sohn«, sagte ich.

»Wissen Sie, Sie sind-«

»Spar dir das höfliche Getue. Du kannst jetzt ›DU‹ zu mir sagen!«

»Also gut. Weißt du, du bist eigentlich ganz nett.«

»Wieso sollte ich denn nicht nett sein?«

»Nun, deine Tochter behauptet, du wärst ein fieses Arschloch!«

WAAAS? Na, die kann was erleben! Nur weil ich ihr vor drei Jahren mal für einen halben Tag das Handy weggenommen hatte, weil sie schlechte Noten nach Hause brachte, erzählt sie in ihrer Schule rum ich wäre ein Fiesling?

»Ich habe dich zwar gebeten, mir die Wahrheit zu sagen, aber das kann man auch übertreiben, mein lieber Schwiegersohn. Und nun lass uns endlich deine Freundin aufwecken«, sagte ich.

»Paula freut sich sicherlich wahnsinnig dich zu sehen!«

»WAS IST DENN«, maulte TT1, als ich an ihrer Schulter rüttelte.

»Aufstehen!«

»Nein, lass mich schlafen!«

»Nix da! Raus aus den Federn! Und kämm dir die Haare, ehe du ins Wohnzimmer gehst!«

»Wieso das denn?«

»Weil dort eine Überraschung auf dich wartet.«

»Welche Überraschung?«

»SS1!«

»SS1? Was soll das denn sein? Mein neues iPhone?«

»Quatsch, Schwieger-Sohn-1 ist hier. Und ich kann dir jetzt schon gratulieren. Der Junge gefällt mir! Außerdem ist er tapferer als alle deine Netflix-Teenie-Helden zusammen!«

»Papa, es ist noch nicht mal Mittag und du bist schon betrunken. So kann das nicht weitergehen! Such dir eine Beschäft-«

»Blödsinn, ich trank mit deinem Freund Bruderschaft, außerdem feierten wir ein klein wenig seinen mit Auszeichnung bestandenen Schwiegersohn-Eignungstest! Stell dir mal vor, er hat 97 % meiner Fragen richtig beant-«

»PAPA … Ich! Habe! Keinen! Freund!! Wie oft muss ich dir das denn noch sagen? Ich weiß, du bist Autor und hast viel Fantasie. Aber bitte nerv nicht länger rum und lass mich weiterschlafen!«

»Paula, mein Schatz, das muss dir nicht peinlich sein. Ich weiß alles über euch. Mein russischer Lügendetektor bewirkte wahre Wunder.«

TT1 grummelte etwas und zog die Bettdecke über den Kopf. Ich zog sie wieder zurück.

»Du kennst also keinen Jungen namens Adrian?«, fragte ich sie.

»Doch«, sagte sie. »Leider …«

»Na, siehst du«, sagte ich. »Er wartet im Wohnzimmer auf dich.«

Plötzlich saß TT1 kerzengerade im Bett.

»Das ist nicht dein Ernst, oder?«, stieß sie hervor.

»Doch«, erwiderte ich und umarmte meine Tochter. »Ich bin ja so glücklich für euch. Natürlich habt ihr meinen Segen! Wir beide haben uns sogar schon auf die virenverseuchten Wangen geküsst – als Zeichen, dass er ab sofort ein Teil unserer Familie ist!«

TT1 stieß mich von sich.

»PAPAAA!!! Adrian ist der größte Idiot der gesamten Schule, also bitte, BITTE, gib endlich zu, dass das nur einer deiner dämlichen Scherze ist!«

»Aber … aber, er ist doch dein Freund!«

»BEHAUPTET WER?«

»Na, Adrian! Er sagte, seine Freundin heißt Paula, wohnt hier und hat kastanienbraune Haare. Er meinte, ihr geht in dieselbe Klasse. Das müssen wir klären! ADRIAN!!!«, rief ich den Jungen herbei.

»Papa, bist du bescheuert?«, flüsterte sie und zog die Bettdecke hektisch über ihren Kopf. »Adrian ist eine Klasse über mir. Eine seiner Freundinnen heißt auch Paula und die ist genauso dämlich wie er. Ich glaube, die wohnt sogar hier im Gebäude. Würde ihm ähnlichsehen, dass er nicht mal weiß, wo genau überall seine Freundinnen verstreut wohnen.«

Im nächsten Augenblick lehnte der Junge am Türrahmen. Der Wodka zeigte langsam Wirkung.

»Ich glaube, hier liegt ein Missverständnis vor«, sagte ich.

»Ich verstehe nicht …«, meinte Adrian.

TT1 zog ihre Bettdecke zurück und Adrian verstand.

»Ähm … bist du nicht diese Patricia aus der 3C?«

»Paula aus der 3A, um es genau zu nehmen.«

»Ach so …«

»Falls du deine Freundin suchst, oder zumindest eine aus deiner Sammlung, so wohnt die in der dritten oder vierten Etage«, klärte ihn TT1 etwas pampig auf.

»Na, das war dann wohl ein Missverständnis. Also, adiós und bis demnächst in der Schule. Darf ich kurz die Toilette benutzen?«, fügte der Junge an mich gewandt hinzu. Mit einer resignierten Handbewegung wies ich ihm den Weg.

»Bist du VÖLLIG verrückt geworden, diesen Typ in unsere Wohnung zu lassen?«, beschimpfte mich TT1, kaum dass wir unter uns waren.

»Aber ich dachte doch-«

»WAS dachtest du? Das ausgerechnet dieser IDIOT mein Freund ist?«

»Weißt du, wer Sigmund Freud ist?«, fragte ich meine aufgebrachte Tochter.

»Klar, dieser Psychoheini. Aber was hat der denn mit-«

»Darf ich dir ein paar Fragen stellen, auf die nicht mal Sigmund Freud gekommen wäre?«

»Papa, bitte, es reicht!«

»Von der ersten glaube ich bereits die Antwort zu kennen: Ist Adrian so etwas wie der Schul-Casanova?«

Meine Tochter nickte zerknirscht.

»Ist er deshalb ein Idiot? Weil er sich für alle anderen Mädchen interessiert, nur nicht für dich?«

»Papa, was soll das? Der Typ hat eine Freundin, und-«

»Mal angenommen, du hättest Adrian im Schulhof noch nie zusammen mit anderen Mädchen gesehen. Würdest du ihn dann nicht etwa süß finden?«

TT1 grummelte etwas. Scheinbar lag ich mit meiner Vermutung nicht so weit daneben, liebes Tagebuch.

»Also gut, meine letzte Frage: Bist du vielleicht ein klein wenig verknallt in ihn?«

»Papa, ALLE Mädchen meiner Schule sind verknallt in Adrian.«

»Na siehst du. Mir ist der Junge auch schon ans Herz gewachsen. Und dass er der Schul-Casanova ist, ist doch nicht weiter schlimm. Das war dein Vater damals ja auch. Oder denkst du etwa, meine Mitschülerinnen konnten meinen blauen Augen widerstehen?«

Meine Tochter guckte mich höchst skeptisch an, aber dann sah ich sie zum ersten Mal lächeln.

»Also, was soll ich in der Sache unternehmen?«, fragte ich TT1.

»Wie bitte? Gar nichts!«

»Ich könnte etwas nachhelfen. Du weißt, dein Vater ist kreativ und spinnt Intrigen schneller, als du dir die Zähne putzen kannst. Ich habe schon überlegt Drehbücher für Telenovelas zu schreiben. Darin wäre ich talentiert, glaub mir.«

»Papa, bitte. Du bist auch so schon peinlich genug, also halte dich da raus!«

Inzwischen kam Adrian aus der Toilette.

»Auf Wiedersehen und sorry für das Missverständnis!«, sagte der Junge. Ich blickte TT1 tief in die Augen und wusste dann, was ich zu tun hatte.

»Warte, ich begleite dich hinaus! Wegen der Viren im Treppenhaus muss ich mir nur schnell meine Schutzmaske überstreifen«, sagte ich und huschte in die Toilette, wo das Ding lag. Dort wühlte ich hektisch in den Kosmetika meiner Töchter, bis ich fand, was ich suchte. Ich blickte in den Spiegel und trug reichlich davon auf. Dann setzte ich die Maske auf und begleitete Adrian zur Tür.

»Eigentlich schade«, sagte ich zu ihm. »Jetzt habe ich mich schon so an dich gewöhnt. Aber nun geh schon deine Freundin besuchen, die wird sich sicherlich sehr freuen dich zu sehen.«

Adrian nickte und ich nahm ihn zum Abschied in die Arme. Ich zog meine Schutzmaske unbemerkt herab und küsste ihn auf beide Wangen und sogar auf den Hals. Etwas irritiert ließ er die Prozedur über sich ergehen. Ich bin nun mal eine herzliche Person. Als er die Treppe hochstieg, winkte ich ihm hinterher und lief dann zurück ins Badezimmer. Dort wischte ich mir den Lippenstift ab und schnappte mir eines der feuchten Desinfektionstücher. Damit legte ich mich an der Eingangstür auf die Lauer. Kurz darauf schlurfte Adrian tief gebückt am Guckloch vorbei. Ich öffnete wie zufällig die Tür.

»Was ist denn mit dir los?«, fragte ich den Jungen. »Ist deine Freundin etwa nicht zu Hause?«

»Doch, aber die drehte eben völlig durch. Sie meinte, ich wäre betrunken und würde sie ständig mit anderen Mädchen betrügen. Dabei ist das gar nicht wahr. Sie behauptete sogar, mein Gesicht wäre mit Lippenstift verschmiert! Dann eilte ihr Vater herbei und beschimpfte mich als Verbrecher, weil ich die Ausgangssperre nicht einhalten würde. Paula knallte mir daraufhin die Tür vor der Nase zu und sagte, ich sollte mich nie wieder bei ihr blicken lassen.«

»Oh, das tut mir leid!«, sagte ich. »Und das ist ihr Dank dafür, dass du wegen ihr trotz Ausgangssperre dein Leben riskiertest? Was willst du denn jetzt tun?«

»Keine Ahnung …«

»Auf die Straße kannst du jedenfalls nicht. Die suchen bestimmt überall nach dir. Wir gewähren dir erstmal Asyl, also komm rein. Aber zuerst muss ich dein Gesicht desinfizieren, schließlich warst du eben mit deiner Ex-Freundin und ihrem Vater in Kontakt«, sagte ich und wischte ihm den Lippenstift aus dem Gesicht.

Dann ließ ich SS1 eintreten.

»Wir haben Besuch!«, sagte ich so laut, dass es TT1 in ihrem Zimmer hören musste.

QUARANTÄNE-CHRONIKEN, EINTRAG 9

Sex Education, und mein Kleinkünstler Rettungsschirm in Höhe von einer Milliarde Euro.

Liebes Tagebuch,

gleich nach dem Frühstück (Makrelen in Tomatensoße, Restbestand: 121 Konserven) beraumte ich angesichts der neuen Situation eine Quarantäne-Sondersitzung ein. MvH stand noch unter der Dusche, aber sobald TT1, TT2 und SS1 mit mir am Tisch hockten, eröffnete ich das äußerst heikle Gespräch:

»Guten Morgen, ihr Lieben. Kommen wir gleich zu Punkt eins der Tagesordnung: der Rationierung! Ich weiß, das ist kein beliebtes Thema, aber wir haben seit gestern ein neues Familienmitglied, und das bedingt leider, dass unsere Vorräte anstatt sieben Jahre nun nur noch für maximal fünf-«

»Aber Papa, Adrian geht nur mit mir in dieselbe Schule. So wie 460 andere Schüler auch. Bis gestern hatten wir noch keine drei Worte miteinander gewechselt.«

»Unterbrich mich nicht ständig! Wir könnten bald alle verhungern und du hältst dich mit diesem Kleinkram auf! Außerdem gilt: ab sofort pro Stuhlgang nur noch maximal zwei Blatt Klopapier!«

»Aber sie hat doch recht. Wir kennen uns ja kaum«, pflichtete ihr Adrian bei. Es war sein erster Tag als mein Schwiegersohn, und schon schlug er sich auf die Seite der Damen. Das hatte ich nun von meiner dämlichen Gastfreundschaft. Ich musste zehnmal tief durchatmen und dann ganz langsam bis 50 zählen.

»Mein lieber Herr Schwiegersohn ... Ich weiß es sehr zu schätzen, dass du, NOCH, einen großen Bogen um meine Tochter machst und ihr euch bislang nur schüchtern aus der Ferne beschnuppert. Ich weiß es ebenso zu schätzen, dass du letzte Nacht, NOCH, alleine auf der Couch im Wohnzimmer geschlafen hast, aber machen wir uns nichts vor: Das wird sich noch früh genug ändern! Wir werden hier womöglich über Jahre hinweg eingesperrt bleiben. Und außer dir befinden sich nur noch ich, meine Frau und meine Tochter Paula in der Geschlechtsreife! Deine Auswahl ist also nicht-«

»Und was ist mit mir?«, grätschte die frühreife 13-jährige TT2 dazwischen.

»Ihr sollt mich nicht ständig unterbrechen, verdammt! Also, mein Freund, wie du siehst, ist deine Auswahl innerhalb dieser vier Wände bei Weitem nicht so groß wie im Pausenhof deiner Schule. Meine Frau ist für dich zu alt und tabu und meine andere Tochter zu jung. Bleibt also nur noch Paula übrig. Gefällt sie dir etwa nicht?«

»Doch, natürlich, aber-«

»Bist du etwa schwul?«

»PAPAAA!!«, sagte TT1.

»NEIN!«

»Na, dann ist ja alles gut. Und nun zurück zum Thema Vorräte: Ich habe unseren Hamsterkauf wochenlang mit drei verschiedenen Computerprogrammen simuliert und geplant, aber selbst dadurch habe ich einige Dinge vergessen, darunter 3.600 Monatsbinden für meine Damen. Und nun rate mal, was ich ebenfalls vergessen habe, mein lieber Herr Schwiegersohn ...«

Nicht nur er starrte mich gebannt an.

»Pampers! Ihr könnt also während der Dauer der Quarantäne keine kackenden Babys produzieren. Es sei denn, ihr-«

»PAPAAA!!!«, unterbrach mich TT1 erneut.

»Paula, ich weiß, dir ist immer gleich alles megapeinlich, was dein Vater sagt, macht, spricht, tut, aber wir müssen diese Dinge JETZT besprechen, ehe es dafür zu spät ist und ihr euer Baby mit Makrelen- und Raviolidosen anstatt mit Baby-Brei füttern müsst. Denn, und es tut mir furchtbar leid, an Baby-Brei hatte ich beim Hamsterkauf natürlich auch nicht gedacht!«

TT1 legte den Kopf auf die Tischplatte und vergrub ihn unter den Händen. SS1 wollte am liebsten im Erdboden versinken, aber ich war noch lange nicht fertig:

»Das führt uns zum Thema Verhütung! Kannst du bitte mal kurz in dein Zimmer gehen?«, bat ich TT2.

»Warum das denn?«, meckerte TT2.

»Weil du erst 13 bist und wir nun ein Gespräch unter Erwachsenen führen müssen!«

»Geht es etwa um Sex? Ich habe alle 87 Folgen von ›Sex Education‹ auf Netflix geguckt. Ihr solltet mich als Expertin dabeihaben!«

Oh Gott. Bald schon steht der nächste Schwiegersohn vor der Tür, und dann werden unsere Vorräte endgültig knapp, dachte ich.

»Also gut: Weißt du, was ein Kondom ist?«, fragte ich meinen Schwiegersohn.

»PAPAAA, BITTE …!«, sagte TT1.

»Natürlich weiß ich, was ein Kondom ist«, antwortete SS1.

»Weißt du auch, wie man es fachgerecht montiert?«

»Ich denke schon …«

»Was soll das heißen? Du ›DENKST‹ schon? Da muss jeder Handgriff sitzen, mein Junge! Ansonsten läuft hier bald eine Horde Enkel rum!«

»PAPAAA!! Kannst du bitte einfach nur deine Klappe halten!?«

»Ich zeig dir das mal …«, bot ich an, besorgte das passende Vorführmaterial aus dem Gemüsefach und der Hausapotheke und bat Adrian, gut achtzugeben. TT2 machte sogar ein Video davon, um es hinterher als Tutorial auf YouTube zu stellen.

»Also«, sagte ich, nachdem er es endlich kapiert hatte. »Wie viele Kondome hast du insgesamt dabei?«

»Tja, ich, also … gar keins.«

»WAAAS? Und du willst der Schul-Casanova sein? In deinem Alter ging ich nie ohne einem Dutzend Kondome in der Tasche aus dem Haus!«

»PAPAAA!«, schrie TT1.

»HAHAHA!«, wieherte TT2.

»Aber ich wusste ja nicht …«

»Nun, ich müsste von früher noch ein paar alte rumliegen haben.

Allerdings dürften dir meine Gummis viel zu groß sein«, gab ich zu bedenken.

»PAPAAAAAAA!«, brüllte TT1.

»HAHAHAHAHA!«, zerbröselte sich TT2.

»Können wir jetzt BITTE ENDLICH über etwas anderes sprechen?«, flehte TT1.

»Sofort, mein Schatz, ich bin gleich fertig. Wenn ihr erst mal eure Schüchternheit abgelegt habt, dürft ihr meinetwegen an euch rumschrauben. Aber seid dabei bitte leise, ich muss arbeiten. Und seid vor allem vorsichtig, Stichwort: Windeln! Am besten-«,

»Am besten wir gucken jetzt alle mal Netflix«, schlug TT2 vor. »Ich weiß auch schon was für eine Serie. Und danach müssten sie es geschnallt haben«, meinte meine clevere jüngste Tochter.

Und so verbrachten wir den Nachmittag auf der Couch mit Popcorn (Restbestand: nur noch 184 Tüten) und 12 Episoden von ›Sex Education‹. Hinterher war ich zwar auch nicht viel schlauer, was dieses Thema anbelangte, und meine Frau leider für diese Art von Quarantänezeitvertreib viel zu müde, aber zumindest TT1 und SS1 schienen sich bereits etwas nähergekommen zu sein. Immerhin teilten die beiden sich bereits eine große Schüssel Popcorn – die eigentlich längst strengstens rationiert hätten werden müssen.

Abends dann, als ich gerade mit meiner Zahnpflege beschäftigt war (Restbestand: 24 Zahnbürsten, 127 Tuben Zahnpasta und knapp 4 Kilometer Zahnseide), klingelte plötzlich mein Handy. Auf dem Display stand ›Unbekannter Anrufer‹. Das konnte natürlich nichts Gutes bedeuten, liebes Tagebuch. Dennoch nahm ich den Anruf aus purer Langeweile entgegen.

»Hallo?«

»Grüezi, spreche ich mit Herrn Eduard Freundlinger?«

Mist, ein Schweizer, dachte ich.

»Rufen Sie etwa im Auftrag der Nova Viagratis Pharma an?«

»Nein. Mein Name ist Rechtsanwalt Prof. Dr. Schlaumayer.«

»Noch nie gehört. Haben Sie eines meiner fantastischen Bücher gelesen? Sind Sie ein großer Bewunderer von mir?«

»Als Bewunderer Ihrer wirren Texte würde ich mich nicht gerade bezeichnen. Und mein Mandant schon gar nicht!«

»Ihr Mandant?«

»Meine Kanzlei ist auf Verschwörungstheorien spezialisiert. Wir prüfen gerade eine Millionenklage gegen Sie.«

»Dachte ich es mir doch. Sie sind von der Nova Viagratis Pharma!«

»Nein …«

Nein? Der Typ könnte durchaus die Wahrheit sagen, schließlich war dieser Konzern nicht das einzige Wespennest, in das ich in unzähligen nächtelangen Recherchen stach. Meine erschreckenden Erkenntnisse daraus publiziere ich regelmäßig in meinem ›Alles was Sie noch nicht über Corona wissen‹-Blog.

»Also sind Sie von der CIA? Dem KGB? Mossad? Oder gar dem ZKGV?«

»ZKGV?«

»Dem Züricher Kleingarten Verein. Denen habe ich auch mächtig in die Laube gepinkelt. Die Schwägerin des zweiten Vorsitzenden ist nämlich Virologin und arbeitet ausgerechnet bei-«

»Mein Mandant möchte aus nahe liegenden Gründen nicht namentlich genannt werden, Herr Freundlinger. Hinterher posten Sie diese Information nur in Ihrem Verschwörungsblog oder auf Facebook. Nur so viel: Es handelt sich um eine mächtige regierungsnahe Organisation und sie hat ein gesteigertes Interesse, dass Sie einen Ihrer Blogeinträge löschen.«

»Und wenn nicht …?«

»Werden wir eine Millionenklage wegen Rufschädigung einreichen!«

»Na dann, viel Glück!«, sagte ich und kappte die Verbindung. Als einer der letzten verbliebenen Verfechter der Wahrheit ist es wichtig, sich nicht einschüchtern zu lassen, liebes Tagebuch.

Sekunden später klingelte mein Handy erneut.

»Wir könnten uns jedoch auch außergerichtlich einigen …«, sagte Rechtsanwalt Prof. Dr. Schlaumayer.

»Wollen Sie mich etwa bestechen? Korrumpieren? Meine Integrität unterwandern? Das können Sie vergessen!«

»Nennen Sie es doch einen Rettungsschirm für Kleinkünstler wie Sie. Sie sind Autor und die Buchläden haben nun geschlossen. Das könnte durchaus zu einem finanziellen Engpass führen, oder?«

Da konnte ich ihm leider nicht widersprechen, liebes Tagebuch.

»Wir dachten an eine Summe von 15.000 Euro. Im Gegenzug löschen Sie mit sofortiger Wirkung Ihren Blogeintrag Nummer 387.«

»Na, Sie sind vielleicht ein Scherzkeks! Davon muss ich Steuern abziehen und mit dem Rest kaufe ich meinen Töchtern je ein neues iPhone, Damenbinden und Klopapier, und schon ist das Geld alle. Außerdem habe ich seit gestern auch noch einen Schwiegersohn zu ernähren und der hat vorhin zum Abendessen vier Dosen Linsensuppe und sieben Scheiben Zwieback mit Butter UND Nutella verdrückt. Danach fragte er mich sogar noch nach dem Code unseres Safes, in dem die Schokolade sicher deponiert ist. Sie sehen: 15.000 Euro langen in unserem Quarantäne-Haushalt nicht mal bis zum Monatsende. Außerdem zielte Blogeintrag Nr. 387 in Richtung Amerika. Wenn ich mich recht entsinne, ging es darum, dass die Eliten längst alle gegen Corona geimpft sind, nur das normale Fußvolk hat man dabei natürlich übergangen. Die Pensionskassen sind ohnehin leer, wozu also all die Pensionisten impfen? Dazu passt auch der Umstand, dass-«

»PSSST!! Unser Gespräch könnte abgehört werden. Also bitte keine weiteren pikanten Details am Telefon!«

»DAS wird teuer, Herr Dr. Schlaumayer. Immerhin sind in Amerika als Rettungsschirm für die Wirtschaft gerade 1.000 Milliarden Dollar im Gespräch. Dabei gab es zwischen dem 22.12.2018 und dem 25.01.2019 einen sogenannten Shutdown. Trump konnte damals nicht mal seine Putzfrauen im Weißen Haus bezahlen. Woher das Geld nun also plötzlich stammen sollte, und vor allem: An WEN diese 1.000 Milliarden Dollar

WIRKLICH gehen, steht in meinem Blog Nummer 412. Soll ich den etwa auch gleich löschen?«

»Nein, meinem Mandanten geht es ausschließlich um den Eintrag Nummer 387. Alle anderen dienen als falsche Fährte und können gerne weiter online bleiben. Also, wie viel fordern Sie?«

»Eine Milliarde Dollar in nicht nummerierten 5-Euro-Scheinen!«

»WAAAS? Das ist ja völlig überzogen!«

»Nun, das ist mein Preis!«

»Aber was machen Sie mit so viel Geld?«

»999 Millionen gedenke ich an Corona-Geschädigte zu spenden. Ich sehe mich nämlich als Robin Hood des digitalen Zeitalters. Eine Million behalte ich aber für mich und meine Familie, weil unsere Vorräte langsam zur Neige gehen.«

»Ich muss das erst noch mit meinem Mandanten besprechen …«

»Tun Sie das!«, sagte ich und warf ihn erneut aus der Leitung.

QUARANTÄNE-CHRONIKEN, EINTRAG 10

SS1 zeigt ernste Symptome,
und Eduard, der Alchimist.

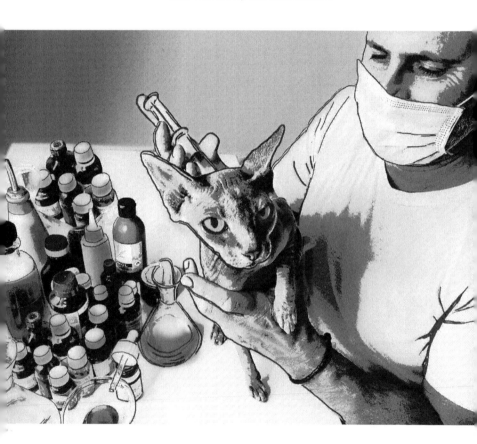

Liebes Tagebuch,

gleich nach dem Frühstück (eine Viertel Konserve Bio-Grün-kohleintopf, Restbestand: 0,0 Einheiten, weil ich die verbliebe-nen 57 ¾ Stück in die Tonne warf) kam SS1 in die Küche.

»Was ist denn mit dir los? Hast du dich etwa mit TT1 gezofft?«

»Nein, mir tut nur der Bauch weh.«

»Kein Wunder! Bei den vier Konserven Spaghetti Bolognese, den 17 Keksen und den drei Tüten Popcorn, die du gestern zum Abendessen verdrückt hast.«

SS1 putzte sich mit vier Servietten die Nase. Und nein, liebes Tagebuch, ich habe mich nicht verschrieben! Er griff tatsächlich zu VIER STÜCK SERVIETTEN und putzte sich seine trie-fende Nase.

»Hast du sie noch alle? Kannst du damit BITTE etwas sparsa-mer umgehen?«, tadelte ich meinen verschwenderischen Schwie-gersohn.

»Entschuldige bitte!«, krächzte er mit heiserer Stimme.

Das hörte sich gar nicht gut an. Fürsorglich legte ich ihm meine Hand an die Stirn: Heiß wie ein Teekessel in der Sauna.

»Du hast ja Fieber«, diagnostizierte ich und guckte ihm in die roten, tränenden Augen.

»Tut dir denn außer dem Bauch auch sonst noch etwas weh?«

»Die Brust.«

»WAS?«

»Und der Hals.«

»WAAS?«

»Und das Atmen.«

»WAAAS? Oh Gott! Du weißt, was das bedeuten könnte ...?«

Der Junge nickte resigniert.

»Tut mir leid, aber ich muss dich nun isolieren. So lauten nun mal unsere Zehn Quarantäne-Gebote«, sagte ich, und sperrte ihn im Abstellraum in den Schrank mit den Wintermänteln von MvH. Zumindest frieren würde er nicht. Und verhungern auch nicht, denn darin lagerten außerdem noch 116 Konserven Linsensuppe. Als Sofortmaßnahme besprühte ich ihn großzügig mit Mottenspray.

Zurück im Wohnzimmer war ich erstmal völlig überfordert, liebes Tagebuch. Aufgrund all meiner Enthüllungen im Verschwörungsblog ›Alles was Sie noch nicht über Corona wissen‹ (den ich nach dem Anruf von RA Prof. Dr. Schlaumayer aus Sicherheitsgründen übrigens in ›CoronaLeaks‹ umbenannt hatte) waren sämtliche Geheimdienste hinter mir her. Und nun war der Virus auch noch bis in meine eigenen vier Wände vorgedrungen. Der Rest meiner Familie schlief noch, sodass ich nicht mal eine dringliche Quarantäne-Sondersitzung einberufen konnte. Ich starrte auf die neun Ziffern, die wir in jedem Zimmer übergroß und mit roter Farbe an die weißen Wände gepinselt hatten: die Corona-Notruf-Nummer der andalusischen Regionalregierung. Ich wählte sie. Besetzt. Ich drückte auf Wiederwahl. Besetzt. Wiederwahl. Besetzt. Wiederwahl. Besetzt.

»Hallo«, meldete sich eine Stunde später endlich eine Dame.

»Schönen guten Tag, mein Name ist Eduard Freundlinger und mein Schwiegersohn hat Aids.«

»Aids? Na, dann hat er ja noch mal Glück gehabt. Es hätte ja das Coronavirus sein können.«

»Wie? Äh, nein, Verzeihung, ich meinte natürlich Corona! Ich bin schon völlig durch den Wind und ganz krank vor Sorge.«

»Welche Symptome hat Ihr Schwiegersohn denn?«

»Fieber, Halsschmerzen, rote Augen, Husten und laufende Nase.«

»Wie alt ist er denn?«

»Er geht in die Klasse über meiner Tochter und die wird bald 16.«

»Gut, dann geben Sie ihm Ibuprofen und einen Hustensaft.«

»Wie bitte? Und das ist schon alles?«

»Er hat sicherlich bloß eine Erkältung. Das ist in Zeiten der Ausgangssperre völlig normal, weil junge Menschen laut Statistik aus Langeweile bis zu 100-mal am Tag den Kühlschrank öffnen.«

»Aber ... Aber wir haben doch nur Konserven zu Hause, und-« Doch die Dame vom Notruf warf mich bereits aus der Leitung.

Verzweifelt vergrub ich den Kopf unter meinen Händen.

»Guten Morgen, Papa ... ist was?«, fragte TT1.

»Nein, ich bin nur müde. Aber was machst du schon um diese Zeit?« Es war nicht mal 09:30 Uhr und meine Tochter schwebte durch das Wohnzimmer, als ginge sie gleich auf ihren Abschlussball. Dabei schlurfte sie noch vor zwei Tagen frühestens ab Mittag im Pyjama wie ein Netflix-Zombie durch die Bude. Aber das war vor SS1.

»Hast du Adrian gesehen?«, fragte sie mich und guckte zur Couch, wo der Junge die Nächte verbrachte.

Mist! Noch musste der erste Corona-Fall in der Familie vertuscht werden, was eine nachrichtendienstliche Challenge bedeutete.

»Der ist nur mal eben raus.«

»Aber Marley ist doch hier!«

»Ich sagte auch nicht, dass er mit dem Hund raus ist.«

»Aber OHNE Hund darf man doch nicht raus!«, wusste TT1 natürlich bestens. Sie und TT2 gehörten mit ihrer neugegründeten Firma www.rentmydog.com eindeutig zu den Gewinnerinnen der Krise. In ihrem Zimmer stapelten sich Müllsäcke voller 2-Euro-Münzen. Nur heute hatte HMA seinen freien Tag und erholte sich auf der Yogamatte meiner Frau.

»Ich sagte auch nicht, er sei zur Straße raus.«

»Er ist also noch im Gebäude?«

»Ja. Aber ich habe jetzt leider keine Zeit-«

»Ist er etwa in der Tiefgarage bei seinem Moped?«

»Hm, nein, der kommt schon wieder ...«, druckste ich herum.

»Was soll das heißen? Verheimlichst du mir etwas, Papa?«

Als Vater zweier Teenagertöchter galt es ständig abzuwägen, nur um am Ende ohnehin wie der größte Depp dazustehen. Die Wahrheit, nämlich dass ihr Freund quasi im Sterben lag, wäre zu schmerzhaft für sie. Also musste ich mich an alternativen Fakten orientieren.

»Adrian wollte kurz seine Ex-Freundin im vierten Stock besuchen. Aber schon übermorgen wollte er wieder zurück sein.«

TT1 eilte zurück in ihr Zimmer und knallte die Tür mit den Worten »DIESER IDIOT! ICH HAB'S JA GEWUSST!« zu. Als einfühlsamer Papa hätte ich ihr folgen und sie trösten sollen, aber meine Lage war auch so schon prekär genug, da konnte ich mich nicht auch noch um den Liebeskummer von TT1 kümmern. Erstmal jedoch hatte ich mir 48 Stunden Ruhe verschafft. Ich kramte in der Hausapotheke nach Ibuprofen und fand eine Packung, die erst seit fünf Jahren abgelaufen war. Nur Hustensaft fand ich nicht. Unser Haushalt schwört auf Wodka als natürliches Heilmittel. Das gab mir zumindest die Gelegenheit, an der frischen Luft meine Gedanken zu sortieren, schließlich ist der Besuch einer Apotheke selbst bei Ausgangssperre erlaubt. Ich fand es beinahe schade, dass die Farmacia nur 50 Meter entfernt lag.

»HINTEN ANSTELLEN!«, brüllte mir eine Dame zu, als ich soeben die Apotheke betreten wollte. Sie stand ziemlich planlos zehn Meter vor der Eingangstür und war mir gar nicht aufgefallen.

»Wie bitte?«

»Sobald jemand rauskommt, bin ICH als nächste an der Reihe. Und SIE müssen sich gefälligst hinten anstellen, Sie fieser Corona-Hochstapler.«

Von meinem Blickwinkel war es gar nicht so einfach auszumachen, wo sich ›Hinten‹ befand. Im Abstand von zehn Metern standen Menschen an der Straße entlang und glotzten auf ihr Handy. Ich folgte dieser Schlange um das Fußballstadion herum, und weiter die Hauptstraße N340 bis zum Autobahnzubringer. Nach fünf Kilometern auf der Autobahn gelangte ich nahe der Abfahrt Salobreña endlich ans Ende der Apotheken-Schlange. Meine Urenkel werden es mir eines Tages kaum glauben, liebes Tagebuch, aber die Autobahnen waren für den Verkehr geschlossen und dienten der Bevölkerung nun zum Schlangestehen. Neben unserem Stau für die Apotheke, gab es auf der Autobahn noch weitere Schlangen für die verschiedenen Supermärkte, das Krankenhaus und einige private Ärzte. Die zweifellos längste Schlange bildete sich vor Dr. Divorcio, dem windigen Scheidungsanwalt der Stadt. Kein Wunder, nach zwölf Tagen Ausweichsperre. Da die einzelnen Reihen ihre Zehn-Meter-Abstände nicht synchron einhielten, kamen sich die Menschen in den verschiedenen Schlangen näher als im Startblock des New York Marathons. Trotzdem war ich guter Dinge. Ich durfte wegen eines Hustensafts den ganzen Tag im Freien verbringen und die Militärs in den Helikoptern über uns, die diese Meute mit Lautsprechern und Gummigeschossen im Zaum zu halten versuchten, brachten etwas Abwechslung in mein monotones Quarantäne-Leben. Dennoch wurde mir allmählich langweilig. Vielleicht hatte man ja endlich einen Impfstoff gegen Corona entwickelt und die Schlange war nur deshalb so lang, fragte ich mich. Ich klickte mich im Handy durch verschiedene Nachrichten, aber dem schien nicht so. Um die freie Zeit effizienter zu nutzen, rief ich Sergej an, den russischen Superhacker mit besten Verbindungen zum Kreml. Sergej hatte mit Fake News den letzten amerikanischen Wahlkampf beeinflusst und arbeitet nun quasi Vollzeit für CoronaLeaks.

»Dr. Enter«, meldete sich Sergej sicherheitshalber unter seinem Codenamen. Nach etwas Smalltalk und dem Besprechen und Planen der nächsten Verschwörungstheorien, verabschiedete ich mich von Dr. Enter. Und wieder hieß es warten. Warten, bis ich in der Schlange vorrückte. Warten, bis ein Impfstoff entwickelt wurde. Warten, bis die Infizierten-Kurve abflachte. Ich hatte es satt, liebes Tagebuch! Es wurde höchste Zeit zu handeln und endlich Verantwortung zu übernehmen. Das war ich meiner Familie und insbesondere SS1 und TT1 schuldig. Ich wählte erneut Sergejs Nummer und erteilte Dr. Enter den wohl wichtigsten Auftrag seiner Hackerkarriere: In die Computer der wichtigsten Pharmakonzerne einzubrechen und nachzugucken, wie der Stand der Dinge bei der Forschung war. Sollte er auf einen unter Verschluss gehaltenen oder sich in der Testphase befindlichen Impfstoff stoßen, so wollte ich über die präzise Zusammensetzung informiert werden. Dr. Enter arbeitete wie gewohnt schnell und gut. Als ich abends bereits 400 Meter vor der Apotheke stand, erhielt ich seine WhatsApp mit dem genauen Rezept. Wie ich in Eintrag Nummer 387 auf CoronaLeaks bereits schilderte, verfügte man längst über einen Impfstoff. Allerdings wird dieser nur der Elite verabreicht und gegenüber dem Fußvolk weiterhin geheim gehalten. Aber damit war nun ja Schluss!

»Einen Hustensaft bitte!«, sagte ich zur Apothekerin, als ich fünf Minuten vor Ladenschluss an die Reihe kam. »Und je ein Fläschchen Neomycin, Phenolrot, Streptomycin, Dextran, Histidin, Phenolrot, Kaliumthiocyanat, Polymyxin B, Formaldehyd und Tetracyclin.«

»Planen Sie, eine Bombe zu bauen?«, fragte mich die Apothekerin.

»Nein, aber mein Zaubertrank wird wie eine Bombe einschlagen!«

Alle gewünschten Mittelchen hatte sie nicht auf Lager, aber die fehlenden gedachte ich mit dem Nagellackentferner meiner Töchter, einigen Chemikalien für die Badezimmerreinigung und einen Schuss Wodka zu ersetzen. Daheim angelangt, machte ich mich in meiner neuen Funktion als Alchimist sofort an die Arbeit. Ich folgte Sergejs Anleitung, hielt aber bald inne. Es wäre egoistisch, den Ruhm nur für mich alleine in Anspruch zu nehmen. Ich rief nach TT1 und TT2. Mit TT1 war nichts anzufangen, die heulte in ihrem Bett, aber TT2 drückte widerwillig ihre Netflix-Serie auf Pause und folgte mir in mein zum Labor umfunktioniertes Homeoffice.

»Was ist das denn für eine Giftküche?«

»Das sind Adjuvantien. Wirkverstärker in Impfstoffen. Was hast du in Biologie und Physik nochmal für Noten?«, fragte ich TT2.

»Eine zwei und eine drei.«

»Dann bist du ab sofort meine Assistentin.«

»Bei was?«

»Wir entwickeln einen Impfstoff gegen das Coronavirus.«

»Cool …«

»COOL? Mehr fällt dir dazu nicht ein?« Ich packte TT2 an den Schultern und verdeutlichte ihr die Tragweite unserer Mission: Das ist ein bedeutender historischer Moment, junge Lady! Künftig werden wir in einem Atemzug mit so bedeutenden Persönlichkeiten wie Alexander Fleming genannt.

»Wer soll das denn sein?«

»Der erfand das Penicillin und erhielt dafür den Nobelpreis. Der Nobelpreis ist auch uns quasi schon sicher. Unser Leben wird auf Netflix verfilmt und du, liebe TT2, wirst als die Greta Thunberg des Virenschutzes in die Annalen eingehen. Und nun reich mir mal dieses braune Fläschchen dort.«

Drei Stunden später war unser Impfstoff fertig.

Somit begann die Testphase.

»Holst du mal NKC?«, bat ich TT2.

»Was willst du denn mit unserer Katze?«

»Nun, ganz ohne Tierversuche kommen selbst wir leider nicht aus. Und Catalina sieht einer Ratte ohnehin ziemlich ähnlich …«

Sollte NKC die Nacht gut überstehen, liebes Tagebuch, werde ich den Impfstoff an Menschen testen. Dazu fällt mir natürlich als erstes SS1 ein. Am besten, ich sehe gleich mal nach dem Jungen und melde mich dann morgen wieder bei dir.

QUARANTÄNE-CHRONIKEN, EINTRAG 11

Corona Blocker Ultra Forte®,
und Warren, mein erster Kunde aus Amerika.

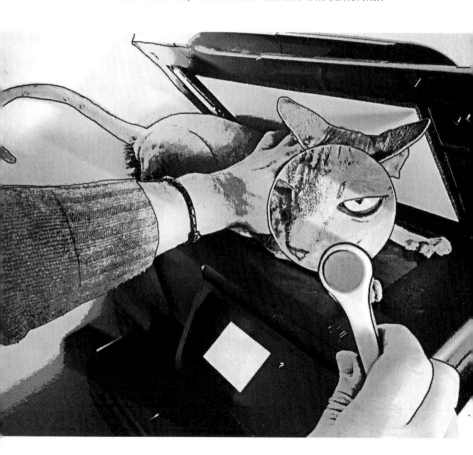

Liebes Tagebuch,

gleich nach dem Frühstück (eine Dose Bohneneintopf mit drei Esslöffeln Müsli vermischt) hockte ich mich vor den Laptop und checkte meine E-Mails. Anstatt der üblichen Fanpost meiner Millionen Leserinnen und Leser fand ich heute Dutzende Mails von verschiedenen Tierschutzorganisationen. Alle verurteilten meinen Tierversuch mit Catalina aufs Schärfste. Sechs Vereine reichten sogar Klage gegen mich ein. Auch das noch, dachte ich. Aber wo blieb eigentlich NKC? Die hatte ich heute noch gar nicht gesehen. Mit etwas Mühe schüttelte ich in der Küche den 100-Kilogramm-Sack Trockenfutter. Von diesem Geräusch kam sie normalerweise sofort angeflitzt, das verfressene Monster. Aber nicht so heute.

»Catalina!«

»Cataaalinaaa!!«

»CATAAALINAAAAAA!!!«

»Was brüllst du hier so rum, Papa?«

TT1 stand völlig verschlafen im Pyjama in der Küchentür und hielt NKC im Arm. Ich schnappte die Katze und eine Lupe und verschwand damit im Labor, wo ich sie auf Nebenwirkungen meines Impfstoffs untersuchte. Ihre Pupillen waren unverändert groß und ihre Zunge hatte sich auch nicht verfärbt.

»Was machst du denn mit Catalina?«, fragte TT1, die mir offenbar ins Labor gefolgt war, obwohl auf der Tür ein Zettel mit ›Zutritt strengstens verboten‹ angebracht war.

»Und was sind das für Chemikalien?«

»Das erkläre ich dir später. Weißt du zufällig, wo bei einer Katze das Herz liegt?«

Gemeinsam tasteten wir uns zu einem Punkt an ihrem Bauch vor, an dem wir ein sanftes regelmäßiges Pochen fühlten. NKC miaute zwar lautstark, aber das tat sie immer, wenn sie hungrig war – was ständig der Fall war.

»Was soll das jetzt werden?«, fragte mich TT1, weil ich Catalina auf meinem Multifunktionsdrucker platzierte und ein paar Kopien von ihr machte.

»Das grelle Licht erfüllt die Funktion eines Röntgengeräts, mein Schatz. So gut ist mein Labor auch wieder nicht ausgestattet«, musste ich leider zugeben. Auf den Röntgenbildern war nichts Seltsames zu erkennen. Catalina hüpfte vom Drucker und rannte in Richtung Küche. Ich gab ihr reichlich zu fressen und folgte ihr hinterher zum Katzenklo. Als sie fertig war, entnahm ich eine Stuhlprobe und untersuchte sie unter dem Mikroskop. Dabei fand ich nichts, was auch nur im Entferntesten wie das Coronavirus aussah. Somit hatte mein Impfstoff die erste Testphase mit Bravour bestanden. Aber noch durfte ich mich nicht auf meinen Lorbeeren ausruhen, liebes Tagebuch. Denn nun folgte die zweite Testphase. Ich zog eine Spritze auf. SS1 war weiterhin im Schrank der Wintermäntel meiner Frau isoliert. Als ich gestern Abend nach dem Jungen gesehen hatte, schienen sich seine Symptome verschlimmert zu haben. Außerdem musste er zur Toilette und fragte nach Erdnüssen. Der Bursche war scheinbar süchtig danach. Schon vor seiner Erkrankung hatte er diese Dinger pausenlos in sich hineingestopft. Gestern hatte ich ihm ebenfalls unseren halben Vorrat mit in den Schrank gesteckt.

»Was willst du mit dieser Spritze?«, fragte TT1. Es wurde Zeit, sie über meine gestrige Vertuschungsaktion ins Bild setzen.

»Hör mal, was ich dir gestern über Adrian erzählt hatte. Er-«

»Ich will nichts mehr von dem Idioten hören! Nie wieder! Das Virus soll ihn holen!«

»Das hat es leider schon. Deshalb musste ich ihn ja gestern im Kleiderschrank in der Abstellkammer isolieren.«

»WAAAS? Warum hast du das nicht gleich gesagt?«

»Ich wollte dich doch nicht unnötig beunruhigen, Liebling. Und nun komm mit und lass uns nachgucken, ob dein Freund überhaupt noch am Leben ist. Gestern Abend hat er auf mich jedenfalls den Eindruck gemacht, als könnte er die Nacht nicht überstehen.«

Als wir in der Abstellkammer den Schrank mit den Wintermänteln von MvH öffneten, flossen uns Erdnussschalen entgegen. SS1 war aschfahl im Gesicht, dass er kraftlos mit seiner Hand vor dem einfallenden Licht schützte. Er brachte keinen Laut hervor. Wir kamen keine Sekunde zu früh.

»Ich fasse es nicht! Du hast Adrian tatsächlich in den Schrank gesperrt! Bist du denn völlig übergeschnappt?«

»Was hätte ich denn machen sollen? Er zeigte gestern Morgen sämtliche Corona-Symptome und ich musste ihn isolieren. So steht es in Paragraph 87c unserer hausinternen Quarantäne-Verordnung!«

»Papa, du bist so ein …«

»Genie, ich weiß! Schließlich habe ich in nur 24 Stunden einen Impfstoff entwickelt, um deinem Freund das Leben zu retten«, sagte ich und zückte meine Spritze.

»Aber dafür ist es doch längst zu spät«, wandte TT1 ein.

»Quatsch. Er lebt ja noch, das siehst du doch!«

»Ich meinte damit, dass man jemanden VOR Ausbruch der Krankheit impft und nicht erst hinterher, wenn es dafür zu spät ist.«

Das TT1 ziemlich schlau war, hatte ich eingangs erwähnt, liebes Tagebuch. Auch dieser Punkt schien an meine Teenagertochter zu gehen. Dennoch galt es, meine Autorität als oberster Weiser der Familie zu wahren.

»Blödsinn, in einem Impfstoff ist ja derselbe Wirkstoff wie in einem Gegenmittel«, behauptete ich einfach mal und versuchte damit TT1 und SS1 zu beruhigen. Schließlich war mir der Placeboeffekt meines Wundermittels durchaus bewusst. Nach erfolgter Impfung schleppten wir SS1 gemeinsam zur Couch. Eine weitere Isolation war nun nicht mehr nötig, immerhin war der Junge so gut wie geheilt, obgleich es momentan noch nicht danach aussah. Aber wenn man als Wissenschaftler nicht an sein eigenes Produkt glaubt, wer sollte es denn dann tun, liebes Tagebuch? Während SS1 auf der Couch von TT1 und TT2 versorgt und sogar von MvH bemuttert und mit allen möglichen Hausmittelchen aus Großmutters Zeiten traktiert wurde, widmete ich mich meiner Arbeit. Aber ich war nicht bei der Sache und guckte oft nach Adrian. Sein Fieber sank allmählich, seine Hustenanfälle wurden immer seltener und sein Appetit nahm (leider) rasch zu. Auf dem Couchtisch wuchsen bereits erste Berge von Erdnussschalen. Schon am frühen Abend war SS1 völlig symptomfrei. Ich beraumte sofort eine familiäre Quarantäne-Sondersitzung ein. Als die gesamte Familie, inklusive dem genesenen SS1, am Tisch saß, bat ich einander die Hände zu reichen und ein Tischgebet zu sprechen. »Lieber Gott, ich danke dir für die wundervolle Gabe, die du mir in Form eines Impfstoffs gegen Corona gegeben hast. Damit hast du mich als deinen Corona-Apostel auserwählt, der die Welt vor dem Virus-«

»Was soll dieser Schwachsinn denn?«, unterbrach mich TT1.

»SCHWACHSINN? Ich habe deinem Freund das Leben gerettet und du nennst das Schwachsinn? Ist das etwa dein Dank dafür?«

»Adrian wäre auch so wieder gesund geworden«, pflichtete ihr nun auch noch TT2 bei. »Oder es waren die Erdnüsse«, fügte sie sogar zu aller Belustigung an.

»Bestimmt halfen auch die Kohlblattwickel und das Inhalieren des Ingwer-Honig-Tees mit Krähenfußextrakt«, fiel mir nun auch noch meine Schamanen-Frau in den Rücken. Ich wollte gerade auf das heftigste protestieren, als mein Smartphone klingelte. Zunächst rauschte es bloß in der Leitung. Kein Wunder bei dem überlasteten Netz. Der Anrufer hatte einen krassen amerikanischen Akzent. Ich tippte auf den westlichen Nordsüden. Ich löste das Meeting auf und verzog mich ins Homeoffice.

»Was sagten Sie? Ich habe Sie eben kaum verstanden?«

»Mein Name ist Warren. Wie weit sind Sie mit Ihrem Impfstoff?«, kam der Anrufer direkt zur Sache.

»Woher wissen Sie denn davon? Schließlich bin ich damit noch gar nicht vor die Weltpresse getreten.«

»Ich verfolge Ihr tägliches Quarantäne-Tagebuch auf Facebook. Wie geht es übrigens Catalina und SS1?«

Stimmt. Das hatte ich fast vergessen. Seit ich meinen Pilgerroman ›Wie ich vom Weg abkam, um nicht auf der Strecke zu bleiben‹ ins Englische übersetzt hatte, hatte ich weltweit Millionen Fans, die sich zum Teil auf Facebook mit mir befreundeten.

»Hervorragend, Warren. Beide sind dank meiner wissenschaftlichen Glanzleistung wohlauf.«

»Das freut mich zu hören. Was planen Sie nun?«

»Ich werde gleich etwas Fernsehen und ein Glas Wein trinken.«

»Ich meinte eher mit dem Corona-Impfstoff.«

Um ehrlich zu sein, hatte ich mir darüber noch gar keine Gedanken gemacht, liebes Tagebuch. Aber womöglich hatte ich ja gerade meinen ersten potenziellen Kunden in der Leitung.

»Ich werde meine Präparate natürlich verkaufen.«

»Wie schön, ich möchte eines kaufen. Geld spielt keine Rolle, ich habe genug davon. Wieviel soll ihr Präparat denn kosten?«

Donnerwetter, mein neues Impfstoff-Imperium wuchs ja schneller als Amazon damals. Kaum hatte mein Wirkstoff die zweite Testphase bestanden, überboten sich bereits die Kunden aus Amerika.

»Es freut mich sehr, Sie zu meinen ersten Abnehmern zählen zu dürfen, Warren. Der Corona Blocker Forte® kostet einen Euro und der Corona Blocker Ultra Forte® kostet zwei Euro.«

»WIE BITTE? Das ist ja viel zu billig! Wollen Sie mir etwa ein Placebo aus Zuckerwasser andrehen?«

»Nein, vielmehr handelt es sich um ein hochentwickeltes und überaus wirksames Präparat gegen Corona. Allerdings liegt mir nichts ferner, als mich an dieser Krise zu bereichern. Für Sie als Neukunden lege ich sogar noch eine Klopapierrolle gratis obendrauf. Na, wie finden Sie mein Angebot, Warren?«

»Ich bin sprachlos! Sie müssen ein herzensguter Mensch sein, Herr Freundlinger. Leider findet man Wohltäter wie Sie bei uns in Amerika kaum noch. Hier regiert leider nur noch das Kapital. Wie sieht es eigentlich mit den Versandkosten aus?«

»In die USA? 1.000 Euro für das Präparat und 2.000 Euro extra für die Klopapierrolle, weil diese wiegt ja besonders viel.«

»WAAAS? Das ist ja Wucher, Sie widerwärtiger Halsabschneider!«

»Sagten Sie nicht, Sie hätten genug Geld?«

»Ja schon, aber-«

»Dann lassen Sie mich meine Lage kurz resümieren: Ich bin Autor von Beruf und sämtliche Buchläden haben auf unbestimmte Zeit geschlossen. Zudem haben die Forschungs- und Entwicklungskosten für den Corona Blocker Forte® meine finanziellen

Reserven aufgefressen. Hinzu kommt, dass ich in der Familie die einzig systemrelevante Person bin. Und als wäre das noch nicht schlimm genug, habe ich mit SS1 inzwischen einen Schwiegersohn, der innerhalb von 48 Stunden 0,78 Prozent unserer Vorräte gefuttert und somit unsere Lebenserwartung im Alleingang um denselben Prozentsatz gesenkt hat. Von den Schalen der Erdnüsse, die er verdrückt hat, könnte man einen verdammten Pelletofen einen ganzen Winter lang befeuern! Also kommen Sie mir bitte nicht mit-«

»Schon gut. Sie haben mich überzeugt. Schicken Sie mir den Corona Blocker Ultra Forte.«

»An welche Adresse?«

»Senden Sie es an Warren Buffet, Postbox 0815, Omaha, NE, USA.«

Diesen Namen hatte ich zwar noch nie gehört, aber als berühmter, nein, scheinbar weltberühmter Autor, konnte man ja auch nicht alle seine Fans beim Namen kennen. Damit hatte ich jedenfalls meinen ersten Auftrag in der Tasche und es kam sogar noch besser:

»Sollte mich Ihr Präparat überzeugen, würde ich darüber hinaus sehr gerne in Ihre Firma investieren. Sie hören von mir!«, sagte dieser Warren Buffet zum Abschied.

Abends versuchte ich von den Strapazen der vergangenen Tage abzuschalten und stellte den Fernseher an. Im zweiten spanischen Fernsehen erklärte ein superschlauer Psychologe etwas, das für mich total Sinn machte: »Um die Isolation zu überwinden und etwas Frieden und innere Ruhe in unser Leben zu bringen, sollten wir diese Tage damit verbringen, alles zu beenden was wir jemals begonnen aber niemals abgeschlossen haben.« WOW! Was für eine geile Idee, dachte ich und machte mich sofort an die Arbeit. Ich durchsuchte die ganze Bude nach Dingen, die ich einmal angefangen und bis heute nicht konsequent zu Ende gebracht hatte. Ich fand eine halbe Flasche Rotwein, eine Flasche mit einem Rest Baileys, eine halbe Flasche Rum, den Rest einer Schokoladentafel und eine Viertel Packung Valium.

Tja, was soll ich dir sagen, liebes Tagebuch. Dieser Psycho-Typ hatte tatsächlich Recht. Nie zuvor hatte ich mich besser gefühlt! Ich folge seinen genialen Ratschlägen jetzt sogar auf Facebook, Instagram und Twitter.

QUARANTÄNE-CHRONIKEN, EINTRAG 12

Marleys Urlaubsvertretung,
und der Hund der Simpsons.

Liebes Tagebuch,

gleich nach dem Frühstück (eine halbe Tüte Kartoffelchips mit drei Esslöffeln Nutella) ging ich auf die Terrasse, um dort meine Yogaübungen zu absolvieren. Inzwischen war ich richtig gut darin. Während ich gerade die ›Skorpion Haltung im Handstand‹ ausübte, sah ich aus meinem auf den Kopf gestellten Blickwinkel, wie das heutige Drama seinen Lauf nahm. Marley stand an seinem Aussichtspunkt (dem Sofa in der Terrassenecke) und glotzte über die Balustrade zur Straße hinab. Dabei wedelte er so heftig mit dem Schwanz, dass die dabei erzeugten Winde die Balance meiner Übung ›einbeiniger verletzter Pfau‹ empfindlich störten. Zudem machte er schmachtende Balzgeräusche. Direkt unter unserer Wohnung lag die Praxis eines Tierarztes und bestimmt hatte Marley dort eine hübsche kranke Hündin ein- oder ausgehen sehen. Ich kniete mich neben Marley auf die Couch, um nachzusehen, was es dort unten so Interessantes zu sehen gab. Zwischen der Straße und dem Tierarzt lag eine kleine Grünfläche, auch wenn das einzig grüne dort die Mülleimer für die Hundekacke waren. Dieser Behälter war an einer Laterne angebracht. Am Pfahl dieser Laterne war eine Hundeleine befestigt. Diese Hundeleine endete an einem Halsband, und darin steckte der Hals des Objekts der Begierde unseres Familienhunds Marley. Von hier aus sah der braune Hund aus wie Knecht Ruprecht, der Hund der Simpsons. Knecht Ruprecht wedelte seinerseits mit dem Schwanz, dass es den Staub auf der Grünfläche aufwirbelte, und starrte lüstern zu Marley hoch.

In diesem Moment kamen TT1 und TT2 auf die Terrasse. Ich wunderte mich erst, was die beiden schon so früh machten, bis mir wieder einfiel, dass ich gestern auf Rat des Psychologen

sämtliche unerledigte Projekte in Form von halb leeren Schnaps-
flaschen konsequent zu Ende gebracht und deshalb heute bis
Mittag geschlafen hatte. Durch Marleys seltsames Verhalten
neugierig geworden, knieten meine beiden Teenagertöchter neben mir auf der Couch.

»Oh, sieh mal, wie süß der ist!«, riefen die beiden aus, noch ehe
sie mir »Guten Morgen« wünschten. Ich fand den Köter in etwa
so süß wie frischgepressten Grapefruitsaft, wollte aber nicht mit
meinen Töchtern diskutieren. Dabei zog ich regelmäßig den
Kürzeren, was sich unvorteilhaft auf mein ohnehin schon ziemlich ramponiertes Ego auswirkte. Augenblicke später stellte TT1
eine verhängnisvolle Frage:

»Was machen wir jetzt mit ihm?«

»Na, nichts!«, antwortete ich wie aus der Pistole geschossen.

»Aber irgendetwas MÜSSEN wir doch unternehmen!«

»Genau!«, pflichtete ihr TT2 bei. Es war erst das zweite Mal in
diesem Jahr, dass sich die beiden in etwas einig waren.

»Also ich sehe hier nicht den geringsten Handlungsbedarf,
meine jungen Damen!«

»Aber den armen Hund hat doch jemand ausgesetzt!«

»Was für ein Schwachsinn. Der hässliche Köter wartet bestimmt, bis sein Herrchen vom Tierarzt zurückkommt.«

TT1 und TT2 rollten synchron ihre Augen.

»Papa, hörst du dir eigentlich manchmal selbst zu? Ein Hund
geht zum Tierarzt, und nicht sein Herrchen.«

Dass meine beiden Töchter ziemlich clever sind, musste ich
leider bereits des Öfteren in deinen Seiten vermerken, liebes Tagebuch. Auch jetzt entbehrte ihr Einwand einer gewissen Logik
nicht. Aber so schnell ließ ich natürlich nicht locker:

»Vielleicht hat der Tierarzt aus reiner Profitgier umgerüstet, und man kann sich dort nun auf Corona testen lassen? Mercedes produziert jetzt auch Klopapier und keine Autos!«

Doch wie bereits eingangs erwähnt, zog ich bei Diskussionen mit meinen Teenagertöchtern meist den Kürzeren.

»Wir geben ihm erst mal was zu fressen und trinken«, entschieden die beiden und rannten, gefolgt von Marley, hinab zu dem Hund der Simpsons.

Ich verfolgte die Szene von meinem sicheren Beobachtungsposten. TT1 und TT2 fütterten und streichelten den Köter, während Marley gleich zur Sache kam und den Hund, bzw. die Hündin, zu schwängern versuchte. Da Marley, der Ärmste, jedoch über keinerlei sexuelle Erfahrung verfügte, rammelte er erst mal die Rippen an der Flanke der Hündin.

»Wir müssen sofort eine Quarantäne-Sondersitzung anberaumen«, sagte TT1, als die drei von ihrem unautorisierten Ausflug in die virenverseuchte Umwelt zurückkamen.

»Nein, das kann nur ICH machen!«, widersprach ich, weil ich schon ahnte, was dabei als einziger Punkt auf der Tagesordnung stehen würde.

»Wieso nur du?«, maulte TT1 und verschränkte ihre Arme vor der Brust. Kein gutes Zeichen.

»Weil dieses Recht dem Familienoberhaupt vorbehalten ist! Frauen unter 18 dürfen laut Gesetz in Spanien nicht wählen. Und laut den Statuten unseres familiären Quarantäne-Grundgesetzes gilt für Frauen unter 18 das strikte Verbot der Anberaumung von-«

»Papa …«

»Ja, mein Schatz?«

»Du bist ein Macho und Autokrat!«

AUTOKRAT? Eine Frechheit, was man den jungen Menschen

heutzutage in der Schule alles beibrachte! Es schien neuerdings sogar ein Unterrichtsfach namens ›Feminismus‹ zu geben, in dem meine ältere Tochter zweifellos die Klassenbeste war. Und ich konnte das alles zu Hause ausbaden. Seit Monaten schon höre ich das Wort ›Macho‹ in Zusammenhang mit meiner Person öfter als das Wort ›Papa‹. Zum Glück sind die Schulen nun geschlossen. Es war längst überfällig, TT1 und TT2 höchstpersönlich Heimunterricht zu erteilen. Allerdings hatte ich wegen der Entwicklung des Corona Blocker Ultra Forte® dazu bislang keine Gelegenheit. Nun aber war es höchste Zeit, mit der ersten Lektion zu beginnen, doch TT1 zettelte soeben eine familiäre Revolution an:

»Dann findet die Quarantäne-Sondersitzung eben in meinem Zimmer statt! Und zwar ohne dich!«, sagte Señorita Fidel Castro.

Der Rest der Familie folgte ihr den Flur entlang. Sogar der mir einstmals treu ergebene HMA trottete den Abtrünnigen hinterher.

»Ist ja gut!«, gab ich mich geschlagen und rief die Revolutionäre zurück an den Verhandlungstisch, an dem TT1 erstmals den Vorsitz übernahm. Sie kam auch gleich zur Sache:

»Liebe Mithäftlinge, ein Hund wurde ausgesetzt, und-«

»Quatsch, der wurde doch nicht ausgesetzt. Den hat man kurz dort festgebunden, weil jemand in einen Laden musste.«

»Papa, ICH leite die heutige Sitzung, und zu deiner Information: Die Läden sind allesamt geschlossen. Selbst beim Tierarzt haben wir vorhin nachgefragt. Niemand weiß, wem der Hund gehört.«

»Habt ihr auch die Passanten befragt?«, warf ich ein und lachte als einziger laut über meinen äußerst gelungenen Scherz.

»Sehr witzig!«, knurrte TT1 wie ein ausgesetzter Hund.

»Der Hund ist mir gestern auch schon aufgefallen, als ich gegen Mitternacht nochmals mit Marley rausgegangen bin«, ergriff meine Frau Partei für die Opposition.

»Da hast du es, Papa. Der Hund wurde direkt vor unserer Haustür ausgesetzt und-«

»Moment mal! Der Hund wurde, falls überhaupt, vor der Tür des Tierarztes ausgesetzt. Soll der sich doch darum kümmern. Bringt ihn einfach dorthin und die Sache ist erledigt«, sagte ich, und erhob mich zum Zeichen, dass die Sondersitzung beendet war.

Mit einer entschiedenen Geste wies TT1 mich an Platz zu nehmen.

»Damit der ihn etwa einschläfert? Hast du sie noch alle?«

»Na, dann ruft eben ein Tierheim an …«

»Dort wird man ihn auch nur einschläfern!«

Diese Quarantäne-Sondersitzung schien sich länger hinzuziehen als die Brexit-Verhandlungen, liebes Tagebuch. Ich versuchte es erst mal mit Charme und Diplomatie:

»Was also schlägst du vor, mein reizendes Töchterchen?«

»Ich finde, wir sollten den Hund aufnehmen.«

»WAAAS? Dieser verlauste Köter kommt mir nicht ins Haus!«

»Aber Papa, das ist doch eine einmalige Gelegenheit für mich und TT2! Unsere Firma www.rentmydog.com muss dringend expandieren, weil die Nachfrage längst unser Angebot übersteigt. Bislang haben wir ja nur Marley und der braucht mal ein paar Tage Urlaub. Wir könnten den Hund als Marleys Urlaubsvertretung einstellen. Oder aber wir könnten die beiden abwechselnd rund um die Uhr im Schichtbetrieb arbeiten lassen und so unsere Gewinne maximieren.«

»Aber wer will denn mit diesem hässlichen Köter Gassi gehen?«

»Papa, du hast NULL Ahnung vom Marktpotenzial unseres Start-ups! Unsere Kunden würden derzeit mit dem Hund von Baskerville Gassi gehen, nur um aus ihren Wohnungen zu gelangen.«

Ich ahnte schon, worauf das hinauslaufen würde, liebes Tagebuch. Und ich lag wie schon so oft völlig richtig.

»Also, lasst uns abstimmen. Wer dafür ist, hebt seine Hand«, sagte TT1 und hob ihre Hand. Sekundenbruchteile später schnellte TT2's Hand nach oben. Meine blieb natürlich unten. Zum Glück auch die meiner Frau. (Ich liebe sie!)

»Na, siehst du. Zwei gegen zwei. Damit haben wir ein Patt. Eine Koalition scheint ausgeschlossen. So was kann in einer Demokratie schon mal vorkommen. Am besten wir rufen in frühestens sechs Monaten Neuwahlen aus«, sagte ich und vertagte die Sitzung.

Doch niemand beachtete mich. Alle starrten auf SS1.

Mist, meinen Schwiegersohn hatte ich ganz vergessen. Der war ja nun auch Teil der Familie und genoss deshalb ein Wahlrecht. Und das schien ihm sichtlich unangenehm zu sein. Auf seiner Stirn bildeten sich bereits erste dicke Schweißperlen. TT1 guckte ihn aufmunternd und mit einem für eine Feministin unangemessen kessen Wimpernschlag an. Wie in Zeitlupe hob SS1 seinen linken Arm an, unter dessen Achsel sich ein dunkler Fleck ausbreitete. Dabei guckte er mich ängstlich an. Ich strafte ihn mit einem Blick à la Bruce Willis in ›Stirb langsam‹ und seine Hand sank wieder etwas in Richtung Tischplatte. Doch TT1 schien größeren Einfluss auf diesen Bengel zu haben. Nach zehn Minuten inneren Kampfes ragte seine Flosse senkrecht nach oben.

Meine rebellische Tochter bejubelte das Abstimmungsergebnis und ich zog mich in mein Homeoffice zurück. Das hatte ich nun von meiner Gutmütigkeit. Erst gewährte ich SS1 Asyl, verkuppelte ihn mit meiner Tochter, fütterte ihn mit unseren spärlichen Vorräten und rettete ihm mit dem Impfstoff das Leben. Und das war nun sein Dank dafür, liebes Tagebuch.

Nachmittags versuchte ich mit der Übersetzung meines dritten Krimis ›Im Schatten der Alhambra‹ ins Spanische voranzukommen. Ein Ding der Unmöglichkeit, bei diesem Gebrüll und Gekläffe in der Wohnung. Offensichtlich fand vor der Tür meines Homeoffice gerade ein Heimunterricht für schwererziehbare Hunde statt.

»BEI FUSS!«

»Nein Hundi, nicht Papas Hausschuhe auffressen!«

»SITZ!«

»Nein Hundi, nicht in den vollen Wäschekorb pinkeln!«

»HIER!«

»Nein Hundi, nicht Mamas Kleid zerfetzen!«

»AUS!«

»Nein Hundi, nicht auf Papas Manuskript kacken!«

Egal. Mein letztes Manuskript war ohnehin scheiße, dachte ich.

»STOPP!«

»Nein Hundi, nicht Papas Bierdosen zerbeißen!«

WAAAS? Das ging endgültig zu weit! Ich stürmte aus dem Homeoffice und sprach gegenüber meinen Töchtern ein Machtwort:

»Jetzt verschwindet mit den Kötern auf die Terrasse! Spielt

dort meinetwegen Hundehochzeit oder sonst etwas. Ihr wisst ja, was in dieser Familie gilt: kein Sex vor der Hochzeit!«

Allerdings schien bei HMA diese Gefahr ohnehin nicht zu bestehen. Ihm erging es wie mir am Golfplatz: Mit stümperhaften Versuchen bemühte Marley verzweifelt, sich dem Loch anzunähern.

QUARANTÄNE-CHRONIKEN, EINTRAG 13

Der fiese Reiskornbetrug,
und mein Traumjob bei der Müllbeseitigung.

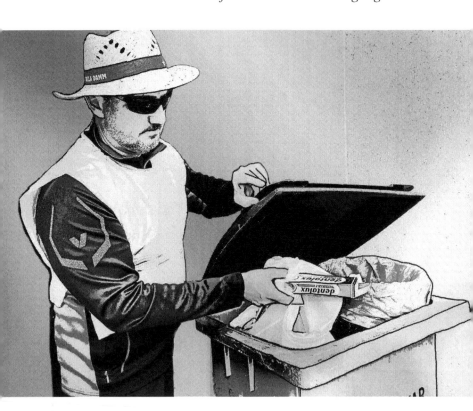

Liebes Tagebuch,

gleich nach dem Frühstück (ein halbes Glas Kichererbsen mit drei Esslöffeln Honig) suchte ich mir eine Beschäftigung, um meine Langeweile zu vertreiben. Sieben Stunden später war ich dabei zufällig einem dreisten und groß angelegten Betrug auf die Spur gekommen. Wutentbrannt rief ich die Hotline an, die auf der Rückseite der Reiskornpackungen angegeben war.

»Mercadona Konsumenteninformation, was kann ich für Sie tun?«

»Guten Tag, mein Name ist Eduard Freundlinger und ich wurde von einem Ihrer Supermärkte übelst betrogen!«

»Ähm … Worum geht es denn, Herr Freundlinger?«

»Um das Produkt Hacendado Vollkornreis rund und reich an Ballaststoffen.«

»Und was ist damit?«

»Das erlauben Sie sich auch noch zu fragen? Ich habe vor drei Wochen im Mercadona in Almuñécar die letzten 287 Ein-Kilogramm-Packungen gekauft und habe heute Morgen begonnen die Reiskörner von drei Probepackungen nachzuzählen. In der ersten Reispackung befanden sich 49.814 Körner, in der zweiten 49.794 und in der dritten – und nun halten Sie sich fest – in der dritten befanden sich nur noch LÄPPISCHE 49.773 KÖRNER!«

»Sie haben tatsächlich alle Reiskörner …«

»Nicht nur die Reiskörner! Ich habe auch die Suppennudeln extra dünn gezählt. In einer 1.000-Gramm-Packung befanden sich 53.765 dieser kurzen Nudeln, in der nächsten 53.748 Stück und in der dritten nur noch 53.726 Stück. Das ist Betrug am Konsumenten!«

»Nun, das kann schon mal vorkommen. Vielleicht haben Sie sich aber auch nur verzählt?«

»Völlig ausgeschlossen! Ich habe extra dreimal nachgezählt!«

»Haben Sie denn nichts Besseres zu tun, Herr Freundlinger?«

»Das erlauben Sie sich auch noch zu fragen? Ich bin seit 14 Tagen mit meiner Frau, meinen beiden pubertierenden Töchtern und einem total verfressenen Schwiegersohn eingesperrt. Außerdem mit einer Katze, einem Hund und seit gestern einem zweiten Köter, der die ganze Nacht lang bellte, unser halbes Sofa auffraß und auf meine Pantoffeln kackte. Ich habe also derzeit nichts Besseres zu tun, als Reiskörner und Suppennudeln zu zählen. Es hilft mir gerade ungemein, nicht zum Serienmörder zu werden.«

»Dann suchen Sie sich eben einen Job!«

»Was erlauben Sie sich? Ich-«

Doch die Dame hatte mich bereits aus der Leitung geworfen. So eine Frechheit, dachte ich, und machte mich daran die 500-Gramm-Packung Haferflocken extra weich nachzuzählen. Aber schon nach 27.356 Haferflocken hielt ich inne. Das Gespräch mit der Dame vom Konsumentenschutz ging mir nicht aus dem Kopf. Vielleicht hatte sie recht und ich sollte mir tatsächlich einen Job suchen? Ich habe zwar einen Beruf, nämlich Bücher zu schreiben, aber das klappt derzeit nicht. Aufgrund meiner misslichen Lage erlitt ich eine Schreibblockade. Es mangelt mir an jeglicher Fantasie und Ideenreichtum, liebes Tagebuch. Außerdem musste ich dringend raus. Aber das durfte ich ja nicht. Ein Job an der frischen Luft wäre also die ideale Lösung. Als von draußen das Geräusch eines Martinshorns hereindrang, hatte ich endlich die rettende Idee. Wozu verfügte ich schließlich über hervorragende Kontakte bis in die höchste Ebene der lokalen Polizeibehörde?

Ich wählte die Nummer der örtlichen Polizei, bei der sich erst mal eine weibliche Computerstimme meldete.

»Bei Verstoß gegen die Ausgangssperre wählen Sie bitte die 1. Bei häuslicher Gewalt wählen Sie bitte die 2.

Bei Einbruch und Bankraub wählen Sie bitte die 3.

Bei Mord und Totschlag wählen Sie bitte die 4.

Bei sonstigen Verbrechen wählen Sie bitte die 5.«

Ich tippte auf die 4, weil mir die am wichtigsten erschien.

»Policia local, womit kann ich Ihnen dienen?«, meldete sich endlich jemand aus Fleisch und Blut.

»Schönen guten Tag, mein Name ist Eduard Freundlinger. Ich möchte bitte mit Ramón verbunden werden.«

»Mit dem Chef? Der ist sehr beschäftigt und möchte nicht gestört werden!«

»Aber ich kenne Ramón persönlich und es ist dringend!«

»Geht's um Mord und Totschlag?«

»Nein, ich wollte ihn nur fragen, ob ich-«

»Dann belästigen Sie uns nicht länger! Wir sind hier alle bis weit über unsere Leistungsgrenzen hinaus im Einsatz, um die erhobene Ausgangssperre zu kontrollieren.«

»Aber genau darum geht's doch, ich möchte-«

Zack, schon hatte der Typ aufgelegt! Sofort wählte ich die Nummer erneut und im Anschluss wieder die 4 für Mord und Totschlag.

»Policia local, womit kann ich Ihnen dienen?«, fragte zum Glück ein anderer Typ.

»Ich möchte mit Ramón sprechen!«

»Der Chef ist sehr beschäftigt und-«

»Möchte nicht gestört werden, ich weiß. Aber es geht um Mord und Totschlag. Mein Name ist Eduard Freundlinger und ich habe heute Morgen schon vier Lebewesen kaltblütig ermordet. Nun möchte ich gerne ein umfangreiches Geständnis ablegen«, sagte ich.

»Das ist sehr zuvorkommend von Ihnen, Herr Freundlinger. Könnten Sie morgen wieder anrufen? Wir haben gerade Wichtigeres zu tun.«

»Dann besteht allerdings die Gefahr weiterer Bluttaten!«

»Also gut, ich stelle Sie zum Chef durch«, grummelte der Mann.

Im Handy hörte ich erst Schritte und dann, wie jemand gegen eine Tür klopfte. Danach vernahm ich Stimmen.

»Sargento Ramirez, wie oft soll ich Ihnen noch sagen, dass ich nicht gestört werden möchte, während ich online Schach spiele!«

»Aber ein kaltblütiger Serienmörder ist am Apparat, Teniente. Er möchte ein umfangreiches Geständnis ablegen und kündigt weitere Bluttaten an.«

»Na und? Mein Turm ist in Gefahr. Nun geben Sie schon her …«

»Hier spricht Teniente-«

»Hallo Ramón. Ich bin's, Eduard. Wir kennen uns vom Fitnessstudio und vom Paddeltennis und vom-«

»Etwa derselbe Scheißkerl, der in seinen miesen Kriminalromanen unsere Polizeibehörde als eine Horde inkompetenter, korrupter Vollidioten hinstellt?«

»Ja, genau der. Ich wollte dich fragen, ob du einen Job für mich hast? Ich könnte auf den Straßen Streife gehen und am Strand für Recht und Ordnung sorgen.«

»WAS? Ich dachte, du wolltest den Mord an vier Personen gestehen?«

»Nein, ich sagte ausdrücklich ›Lebewesen‹. Konkret: Drei Fliegen auf dem Schreibtisch und eine Kakerlake im Badezimmer. Letztere hat bestimmt der verlauste Hund der Simpsons angeschleppt. Der verdammte Köter profiliert sich im Übrigen zusehends als mein nächstes Mordopfer.«

»Wie bitte? Und damit hältst du mich von der Arbeit ab?«

»Anders kommt man ja zu dir nicht durch. Also wie sieht's aus? Hast du einen schönen Job an der frischen Luft für mich? Ich bin zwar reichlich überqualifiziert, aber aus humanitären Gründen stelle ich der völlig überlasteten lokalen Polizeibehörde meinen detektivischen Spürsinn gratis zur Verfügung. Schicke Uniform benötige ich keine. Ich schlage vor, die Straßen Almuñécars quasi undercover von niederträchtigen Quarantäne-Brechern zu säubern.«

»Das könnte dir so passen! Dass du keine Ahnung von Polizeiarbeit hast, kann man in deinen dämlichen Groschenromanen nachlesen.«

»Aber ich habe als Kind fast jeden Tag Räuber und Gendarm gespielt und war natürlich immer der Gen-«

Doch Ramón hatte bereits aufgelegt.

Mist. Aber so schnell gab ich nach 14 Tagen Hausarrest natürlich nicht auf, liebes Tagebuch. Ich wählte die nächste Nummer.

»Fischereiverband Almuñécar, Jorge Pescado mein Name, womit kann ich Ihnen dienen?«

»Einen wunderschönen guten Tag, Señor Pescado, mein Name ist Eduard Freundlinger und ich möchte gerne bei Ihnen als Fischer arbeiten. Als kleiner Junge habe ich mit meinem Onkel Ralf manchmal im Wiestalstausee gefischt. Der liegt in der Nähe von Salzburg, falls Sie dort auch mal angeln möchten. Einmal haben wir dabei sogar eine Forelle gefangen und fast hätten wir auch einen Karpfen an der Angel gehabt, aber-«

»Entschuldigen Sie, dass ich Sie unterbreche, Herr Freundlinger, aber es gibt in den spanischen Gewässern keine Fische mehr.«

»Wieso das denn?«, fragte ich verwundert.

»Die sind wegen der Corona-Krise nach Japan oder Amerika geschwommen. Dort zahlt man für Fische inzwischen horrende Preise.«

Damit zählten die Fische eindeutig zu den Virus-Profiteuren, dachte ich neidvoll und wählte die nächste Nummer auf der Liste:

»Straßenreinigung Almuñécar, Pepe Besenzos mein Name, womit kann ich Ihnen dienen?«

»Einen wunderschönen guten Tag, Señor Besenzos, mein Name ist Eduard Freundlinger und ich möchte gerne bei Ihnen als Straßenfeger arbeiten. Ich bin äußerst erfahren in diesem Metier. TT1 und TT2, das sind meine beiden verzogenen Töchter, gucken nämlich den ganzen Tag lang Netflix und ich muss gemeinsam mit meiner Frau die Wohnung sauber halten. Mein Job dabei ist es, den Boden zu fegen. Sie sehen, ich bin für diese Aufgabe bestens gerüstet, zumal ich dreieinhalb Sprachen fließend spreche und über fortgeschrittene Computerkenntnisse verfüge. Außerdem-«

»Ich fürchte, ich-«

»Ich bin noch nicht fertig, Señor Besenzos. Ich biete Ihnen meine kompetenten und gründlichen Dienste als Straßenfeger nicht nur völlig kostenlos an, ich BEZAHLE dafür sogar 15 Euro die Stunde! Plus Mehrwertsteuer! Na, wie klingt mein Angebot für Sie, Señor Besenzos?«

»Herr Freundlinger, ich weiß Ihr Angebot sehr zu schätzen, aber ich fürchte, da müssten Sie schon etwas tiefer in die Tasche greifen. Die Schwarzmarktpreise für eine Stunde Straßenfegen bewegen sich inzwischen um die 200 Euro. Dazu haben die meisten führenden Wirtschaftsbosse Almuñécars ihren Job gekündigt, um nun als Straßenfeger zu arbeiten. Der Ansturm ist enorm und die Warteliste beträgt-«

Frustriert legte ich auf. Aber eine Nummer befand sich ja noch auf meiner Liste von potenziellen Jobs im Freien.

»Müllbeseitigung Almuñécar, Carlos Basura mein Name, womit kann ich Ihnen dienen?«

»Einen wunderschönen guten Tag, Señor Basura, mein Name ist Eduard Freundlinger und ich möchte gerne bei Ihnen als Müllmann arbeiten. Ich verfüge über jahrelange Erfahrung im Bereich der Müllansammlung, Mülltrennung und im Müllhinaustragen. Ich nahm sogar an der VHS am Intensivkurs ›Komposthaufen anlegen für Fortgeschrittene‹ teil, aber das Diplom ist leider in Deutsch ... Sind Sie noch dran, Señor Basura?«

»Das klingt gut, Herr Freundlinger. Uns sind ohnehin 90 Prozent der Mitarbeiter der Nachtschicht ausgefallen.«

»Oh Gott, etwa wegen des verdammten Virus?«

»Nein, die sitzen alle im Knast, weil sie ihre Jobs illegal für horrende Summen an zahlungskräftige Quarantäne-Hochstapler als Subunternehmer weitervermittelt hatten.«

»Da brauchen Sie sich bei mir überhaupt keine Sorgen zu machen, Señor Basura. Ich verfüge über einen exzellenten Leumund.«

»Das freut mich zu hören. Wann könnten Sie beginnen?«

Ich konnte mein Glück kaum fassen, liebes Tagebuch. Endlich hatte ich meinen Traumjob in der Tasche.

»Ich muss nur noch kurz zur Toilette. Sagen wir in drei Minuten?«

QUARANTÄNE-CHRONIKEN, EINTRAG 14

Das Fernbedienungsdrama,
die fristlose Kündigung
und SS1 wird entführt.

Liebes Tagebuch,

gleich nach dem Frühstück (zwei Dosen Feierabendbier und drei Schnitten Salami-Pizza, die ich vorhin bei der Arbeit in einer Mülltonne fand) wollte ich nach meiner anstrengenden ersten Nachtschicht bei der Müllbeseitigung direkt ins Bett. Die erste Nacht im Dienst war wundervoll, liebes Tagebuch, aber dazu später mehr. Ehe ich mich schlafen legte, wollte ich noch kurz die Frühnachrichten im Fernsehen gucken. Vielleicht war der Albtraum nun ja endlich vorbei und es lief ein Fußballspiel vor 70.000 nicht vermummten Zuschauern. Wie üblich bedeutete ›Fernseher einschalten‹ in unserem Drei-Teenager-Haushalt eine Challenge. Erst musste ich die Couch nach den zwei dafür benötigten Fernbedienungen durchsuchen. Ich wühlte zwischen Kopfkissen, leeren Popcorntüten, Pyjamas, Erdnussschalen, Pizzakartons, Cola-Dosen, Tellern, Hausschuhen, Decken und Keksschachteln, fand aber die dämlichen Fernbedienungen nirgends – auch nicht unter dem Sofa, hinter dem Sofa oder zwischen den Sofakissen. Nur an einer Stelle konnte ich nicht suchen, weil etwas im Weg lag. Ich weckte SS1 auf, der weiterhin die Nächte einsam und alleine auf der Couch verbrachte. Anscheinend war es zwischen ihm und TT1 bislang noch zu keiner weiteren Annäherung gekommen. Zumindest nicht vor meinen Augen.

»Hast du die beiden Fernbedienungen gesehen?«, fragte ich SS1, als ich ihn endlich wachgerüttelt hatte.

»Nein.«

»Shit. Aber hör mal – könnt ihr hier bitte mal aufräumen?«

»Ja«, sagte er und war schon wieder eingepennt.

Ich dehnte das Suchgebiet großflächig aus und fand nach zwei

Stunden endlich die beiden Fernbedienungen. Eine lag unter dem zerfetzten Kissen, auf dem H_2O schlief. H_2O ist der Name von unserem Simpsons-Hund. Eigentlich wollte ich ihn nur H_2, also Hund Nummer 2, taufen, aber weil der verdammte Köter sein Wasser nicht länger als zehn Minuten halten konnte und in jede Ecke der Wohnung pinkelte, wurde sein Name um ein passendes 'O' erweitert. Die andere Fernbedienung lag unter einem zerfetzten Regenschirm neben der Eingangstür. Endlich sank ich auf die Couch und tippte die On-Taste beider Fernbedienungen. Nichts. Ich drückte die rote Taste ein weiteres Mal. Verdammt! Ich hämmerte mit dem Zeigefinger auf sämtliche Tasten, aber die Kiste zeigte einfach kein Bild. Bestimmt waren die Batterien alle. Ich wollte MvH, die Lagerverwalterin unserer Notvorräte, nicht wecken und suchte selbst danach. Zwei Stunden später fand ich sie in einem Schuhkarton im Abstellraum. Ich wechselte die Batterien, drückte die rote Taste, aber der Bildschirm des Fernsehers blieb schwarz. Ich sah mir die Fernbedienungen näher an. An manchen Tasten haftete trockener Speichel und an vielen Stellen befanden sich Löcher. Ich wettete meinen Fernseher, dass die genau zum Gebiss von H_2O passten.

Aber so schnell gab ich nicht auf, liebes Tagebuch. Ich bin zwar im analogen Zeitalter aufgewachsen, als man draußen Verstecken spielte oder ein Baumhaus baute, den Mädchen Briefe per Post schickte und die größten technischen Errungenschaften ein Fernschreiber oder ein Faxgerät waren – dennoch versuchte ich, mich von der sich immer schneller drehenden digitalen Welt nicht abwerfen zu lassen wie ein Cowboy von einem Rodeo-Pferd. So war ich heute Morgen mächtig stolz, weil es mir tatsächlich gelungen war, 47 Fernbedienung-Apps (die mich 184,45 Euro kosteten) auf mein Smartphone downzuloaden. Siegessicher hockte ich mich auf die Couch und probierte eine nach der anderen aus. Mit jeder weiteren nicht funktionierenden App stieg mein Ruhepuls einen Herzschlag höher in den roten Bereich. Inzwischen waren sechs Stunden vergangen und die Frühnachrichten waren längst zu Ende. Wenn das so weiter ging, verpasste ich auch noch die Tagesschau.

Nun war das Maß voll! Ich weckte TT1, TT2 und SS1 auf und beraumte eine sofortige familiäre Quarantäne-Krisensitzung ein.

»Was ist los?«, fragte TT2 verschlafen.

»Der Fernseher lässt sich nicht anschalten. Die Fernbedienungen funktionieren nicht. Die hat H2O zerbissen. Ich habe mein Handy extra mit 47 Fernbedienung-Apps vollgestopft, aber auch die-«

»Und DARUM weckst du uns auf?«, beschwerte sich TT2.

»Na hör mal, ich muss doch die Nachrichtenlage verfolgen und ihr wollt doch schließlich weiter Netflix gucken, oder? Wir stehen vor der schwersten Krise seit Beginn der Quarantäne und du fragst ernsthaft, warum ich euch WECKE?«

»Papa …«, sagte sie und rollte mit den Augen, wie sie das immer tat, wenn sie (zu Unrecht) meinte, ich wäre schwer von Begriff.

»Ja, mein Liebling?«

»Man benötigt nicht unbedingt eine Fernbedienung, um einen Fernseher anzuschalten.«

»Ach? Willst du ihn etwa mit Gedankenübertra-«

»Unser Fernseher verfügt über Knöpfe. Ebenso wie der Satelliten- Receiver. Damit kann man beide Geräte einschalten und hinterher sogar verschiedene Programme auswählen«, klärte mich TT2 auf, als wäre ich der letzte digitale Depp. »Würdest du dann so freundlich sein, diese Knöpfe für mich zu drücken und Canal Sur einzustellen?«

TT2 tat mir den Gefallen und ich sank erschöpft auf die Couch, wo ich von den Strapazen meiner Nachtschicht und dem erbitterten Kampf gegen die Fernbedienungen sofort einschlief.

»Papa, der Fernseher funktioniert nicht«, weckte mich TT2 sofort wieder auf.

»Das sagte ich doch die ganze Zeit! Man braucht eine Fern-«

»Nein, hier sieh mal …«, meinte sie und führte mich hinter den Fernseher. In der Mauer gab es zwei Steckdosen, in denen die Kabel für Fernseher und der Receiver eingesteckt waren. Doch nicht so an diesem schicksalsträchtigen Sonntag, liebes Tagebuch. Die vom Fernseher und dem Receiver ausgehenden Stromkabel endeten (ohne Stecker an den Enden) in derselben gelblichen Flüssigkeit, die H_2O seinen Namen verlieh.

»H_2O hat die Kabel zerbissen!«, schlussfolgerten TT1 und TT2.

»Dieser verfluchte Köter. Ich bringe ihn-«

Doch in dem Moment rettete H_2O mein klingelndes Handy das Leben. Ich wurde meist nur von südamerikanischen Callcentern angerufen, die mir etwas andrehen wollte. Nun belästigten die mich sogar schon sonntags.

»WAS WOLLEN SIE DIESMAL?«, brüllte ich ins Telefon. Vielleicht muss ich an dieser Stelle anmerken, dass meine Laune nicht gerade die beste war, liebes Tagebuch.

»Ich bin Carlos Basura und ich-«

»Es ist mir herzlich egal, wie Sie heißen. Und nun hören Sie mir genau zu: ICH KAUFE NICHTS! Weder neue Handyverträge noch neue Internetverbindungen, und Kredite und Aktien benötige ich auch keine. Also lassen Sie mich gefälligst in Ruhe und rufen Sie mich nie – ich wiederhole – NIE WIEDER an!«

»Also stimmt es, was meine Mitarbeiter von Ihnen behaupten: Das Sie leicht aus der Haut fahren …«

»WAS? Wer behauptet denn so was?«

»Ihre Kollegen bei der Müllbeseitigung.«

»Ähm … Dann sind Sie also …«

»Carlos Basura. Ihr Chef. Nein, Ihr ehemaliger Boss! Heute Morgen gingen bei uns 183 Beschwerden wegen nicht entleerter Mülltonnen ein. Statistisch gesehen werden während einer Nachtschicht im Schnitt 200 Mülleimer entleert. Gestern waren es nur SECHS. Laut einem Mitarbeiter lag das vor allem daran, dass Sie besagte sechs Mülltonnen erst fröhlich pfeifend durch verschiedene städtische Parks, die gesamte Promenade entlang und sogar über mehrere Strände schoben, ehe sie diese endlich im Lkw der Müllbeseitigung entleerten. Außerdem wurden Sie dabei beobachtet, wie Sie das Unternehmen beklauten!«

»WAAAS? Das ist eine üble Verleumdung! Mobbing am Arbeitsplatz! Ich habe nur drei Schnitten Salami-Pizza für mein Frühstück aus einem Mülleimer genommen. Ich kann keine Konserven mehr seh-«

»Diebstahl ist Diebstahl. Das können wir nicht tolerieren. Sie sind gefeuert!«

»Aber ich bitte Sie, Sie können mich doch nicht einfach-«

Doch Señor Basura hatte mich bereits aus der Leitung – und damit aus seinem Unternehmen geworfen.

In dem Moment kam H2O angetrottet. Im Maul hatte er zwei Stecker und die abgebissenen Kabel. Stolz apportierte er die gekappten Drähte zur Außenwelt und wedelte mit dem Schwanz.

Wäre der Köter ein Fisch, hätte ich Sushi aus ihm gemacht, liebes Tagebuch.

»Papa, du darfst nicht böse werden. H2O muss sich erst noch an sein neues Umfeld gewöhnen«, meinte TT1 und brachte H2O im letzten Moment vor mir in Sicherheit. Dann beraumte meine ältere Tochter schon die zweite Quarantäne-Sondersitzung dieses Tages ein. Und das Thema war immer noch dasselbe:

»Wie bekommen wir das Fernsehkabel nun repariert?«, fragte TT1 in die versammelte Runde.

»Mein Onkel ist Elektriker. Der kann das bestimmt machen. Ich schick ihm gleich mal eine WhatsApp.«

»Ist das dein Ernst oder willst du mit deinem Elektriker-Onkel nur meiner Tochter imponieren?«

»Nein, mein Onkel Sancho ist wirklich Elektriker«, sagte SS1.

»Und was das andere betrifft«, fügte er an und guckte dabei auf TT1.

»Was meinst du mit ›das andere‹?«

»Papa, können Adrian und ich bitte mal unter vier Augen mit dir sprechen?«

»Meinetwegen«, sagte ich und führte die beiden den Flur entlang zum Eingangsbereich. Natürlich dicht gefolgt von der neugierigen TT2. Als wäre der kaputte Fernseher und meine fristlose Kündigung bei der Müllbeseitigung noch nicht genug, musste ich dort auch noch erfahren, dass unsere kleine heile Welt nun völlig aus den Fugen geriet.

»Seid ihr euch dabei sicher?«, fragte ich TT1 und SS1 danach.

Sie nickten und mir blieb nichts anderes übrig, als die beiden mit Tränen in den Augen zu umarmen.

»Wusste ich's doch«, entfuhr es der lauschenden TT2 hinter der Ecke.

Zurück am Wohnzimmertisch wollte SS1 seinem Onkel Sancho eine WhatsApp senden, damit er unser Fernsehkabel reparieren käme.

»Halt, Stopp, Moment! Wir dürfen angesichts der neuen Situation nichts übereilen. Jetzt gilt es nämlich, zwei Fliegen mit einer Klappe zu schlagen. Wo wohnt denn dein Onkel?«

»In der Avenida Costa del Sol. Direkt neben dem Hotel Albayzin del mar.«

Ich öffnete die Maps-Funktion meines Smartphones, das aufgrund der 47 Fernbedienung-Apps nun deutlich langsamer arbeitete.

»Das sind 1.429 Meter. Dein Onkel wird die Ausgangssperre kaum wegen eines defekten Fernsehkabels brechen.«

»Das kann sein, aber was sollen wir jetzt tun?«

»Den Einsatz erhöhen, mein Lieber.«

»Und wie soll das funktionieren?«

»Zum Glück bin ich ein äußert talentierter Krimiautor. Mir wird schon etwas einfallen«, sagte ich und grübelte eine Weile über unser doppeltes Dilemma.

»Ok, ich hab's!«, rief ich nur Minuten später aus. Ich kritzelte etwas auf ein Blatt Papier und reichte es SS1. »Ich rufe nun deinen Onkel an und sobald ich dir das Zeichen gebe, liest du den Text laut vor. Es muss aber verzweifelt klingen, kapiert?«

»WAAAS? DAS soll ich vorlesen? Aber das ist ja völlig verrückt!«

»Angesichts des Sachverhalts müssen wir leider zu drastischen Maßnahmen greifen und nun gib mir die Handynummer deines Onkels!«

»Sancho Ranza«, meldete sich SS1's Elektriker-Onkel umgehend.

»Einen wunderschönen guten Tag, Señor Ranza«, begann ich mit verstellter und mithilfe von sieben Atemschutzmasken verzerrter Stimme.

»Mein Name ist Eduard Freu- … ach, mein Name tut nichts zur Sache. Es tut mir furchtbar leid, Ihren sonntäglichen Hausarrest zu stören, aber es ist wichtig. Lassen Sie mich kurz ausholen … Ich bin eigentlich ein unbescholtener Bürger und manchmal auch braver Steuerzahler und verfüge über einen ausgezeichneten Leumund. Allerdings hat die nun inzwischen 15 Tage andauernde Ausgangssperre meine vorbildlichen Charaktereigenschaften sehr zum Nachteil meiner Mitmenschen verändert und mein bis dato quasi inexistentes Aggressionspotenzial in ungeahnte Höhen geschraubt. Gestern, um nur ein kleines Beispiel zu nennen, habe ich vier Lebewesen kaltblütig ermordet«, brüstete ich mich, ohne zu erwähnen, dass es sich dabei um eben jene drei Fliegen und eine Kakerlake handelte, mit der ich bereits die Lokalpolizei aus der Reserve gelockt hatte.

»Wem sagen Sie das! Wäre meine Tiefkühltruhe nicht randvoll mit Salamipizzen, würde ich meine Schwiegermutter zerstückeln und dort einlagern«, stimmte mir Sancho Ranza zu.

»Moment mal … Kann es sein, dass Sie gestern Ihre Salami-Pizza nicht aufgegessen und drei Schnitten in die Tonne geworfen haben?«

»Das stimmt, aber woher wissen Sie das?«

»Weil ich deshalb meinen Traumjob verloren habe!«

»Das verstehe ich nicht. Rufen Sie deswegen an?«

»Nein, ich rufe an, weil ich Ihren Neffen in meiner Gewalt habe!«

»WAAAS?«

»Sie haben schon richtig gehört: Ich habe Adrian entführt!«

»Stimmt, der Junge ist seit drei Tagen spurlos verschwunden. Die ganze Familie sorgt sich bereits um ihn.«

»Das sollte sie auch, denn ich bin zu allem fähig!«

»Aber warum haben Sie meinen Neffen entführt?«

Sancho Ranza schien nicht der schlaueste Zeitgenosse zu sein.

»Na, wegen dem Lösegeld.«

»Warum rufen Sie dann nicht bei seinem Vater an?«

»Weil ich dessen Handynummer nicht habe.«

»Und woher haben Sie meine Handynummer?«

»Sie sollen nicht so viele Fragen stellen, sondern das Lösegeld besorgen! Ich fordere 100.000 Euro in nicht markierten Scheinen. Ich gebe Ihnen eine halbe Stunde Zeit! Sollten Sie die Polizei einschalten, werden Sie Ihren Neffen nicht wiedersehen!«

»Sind Sie verrückt? Nach unseren Hamsterkäufen habe ich keinen einzigen Cent übrig. Außerdem sind die Banken geschlossen!«

»Na schön, dann möchte ich mal nicht so herzlos sein. Sie können die Summe auch abarbeiten. Kennen Sie sich mit Fernsehern aus? Unser Hund hat nämlich das Kabel durchgebissen. Wenn Sie das reparieren, lasse ich Ihren Neffen umgehend frei.«

»Und wie kann ich wissen, dass Sie nicht bluffen?«

Ich gab SS1 das vereinbarte Zeichen.

»ONKEL SANCHO! HILFEEE! ICH WURDE VON EINEM VERRÜCKTEN ENTFÜHRT! BITTE MACH, WAS DER MANN SAGT UND BEFREIE MICH!«

»Aber ich darf doch wegen der Ausgangssperre nicht raus.«

»Dann lassen Sie sich eben etwas einfallen. Ich wohne über dem Tierarzt. Klingeln Sie am Eingang daneben bei 1F. Geben Sie vor, mit dem Hund zum Tierarzt zu gehen!«

»Wir haben aber keinen Hund …«

»Dann erzählen Sie der Polizei eben, Sie müssten Ihren ent-führten Neffen aus den Fängen eines Wahnsinnigen befreien. Das wird man Ihnen wohl ausnahmsweise erlauben.«

»Ich dachte, ich darf keine Polizei einschalten?«

»HERRGOTT NOCH MAL! So lassen Sie sich eben etwas einfallen. Als Zeichen, wie ernst es mir ist, schneide ich Ihrem Neffen zu jeder vollen Stunde einen Fingernagel ab!«, drohte ich und kappte die Verbindung. Nun hieß es ruhig abwarten – was ohne Fernseher quasi ein Ding der Unmöglichkeit war.

QUARANTÄNE-CHRONIKEN, EINTRAG 15

Smalltalk mit Bankräuber,
und TT1 und TT2 im Heimunterricht.

VORHER ♂ NACHHER

Liebes Tagebuch,

gleich nach dem Frühstück (ein halbes Glas Essiggurken mit drei Esslöffeln Pflaumenmarmelade aus biologischem Anbau) absolvierte ich auf der Terrasse mein intensives Sportprogramm: erst das Hanteltraining mit zwei Zehn-Liter-Gebinden Olivenöl und danach meine Yogaübungen für Profis. Während ich ›die untergehende Sonnenfinsternis‹ und den ›einbeinigen Samurai im Handstand‹ durchführte, dachte ich an die geglückte Geiselbefreiung zurück. SS1's Onkel Sancho Ranza kam tatsächlich wie verabredet vorbei, um unser Fernsehkabel zu reparieren. Danach übergab ich ihm schweren Herzens den zum Schein gefesselten und geknebelten SS1 – mein Fake-Entführungsopfer. Leider stimmte die Chemie zwischen TT1 und SS1 doch nicht so, wie es anfangs schien. Das hatten die beiden mir in einem offenen Vier-Augen-Gespräch klargemacht. Und so blieb mir nichts anderes übrig, als mit einer fingierten Entführung zwei Fliegen mit einer Klappe zu schlagen: Adrian konnte in Obhut seines Onkels sicher nach Hause gelangen und der Fernseher funktionierte nun auch wieder.

Nach intensivem Händewaschen (vom Duschen ist in den Nachrichten immer noch nicht die Rede) ging ich zur Bank, die ausnahmsweise für zwei Stunden öffnete, damit man brav seine Steuern bezahlen konnte. Ich nutzte die Gelegenheit für einen kurzen Spaziergang dorthin und stellte mich mit einer unbezahlten Stromrechnung in die Schlange aus seltsam vermummten Männern. Ich hätte mir die Reihe länger vorgestellt, aber die wenigsten hatten wohl Geld übrig.

»Das ist aber eine seltsame Atemschutzmaske«, fragte ich den Señor vor mir in der Warteschlange.

»Das ist keine Atemschutzmaske, sondern eine Motorradhaube mit Guckloch.«

»Tatsächlich? Schützt die etwa besser vor Corona?«

»Corona ist mir scheißegal. Ich benötige sie für etwas anderes.«

»Ach und wofür, wenn Sie mir diese Frage erlauben?«

»Na, WONACH sieht's denn aus, Sie Blödmann?«

»Sagen Sie nicht, Sie sind ein gefährlicher ...«

»Bankräuber! Ganz genau, Sie haben es erraten.«

»Das ist ja ein Ding! Wie lange üben Sie diesen Beruf schon aus?«

»Nun, heute ist mein erster Tag.«

»Verstehe. Na, dann viel Glück, Herr ...?«

»Pedro Atraco. Danke, das kann ich gut gebrauchen.«

»Ach, sagen Sie ... Könnte ich vielleicht ein Autogramm haben, Señor Atraco? Ich kenne ansonsten keine Bankräuber und eine solch einmalige Gelegenheit bietet sich ja auch nicht alle Tage.«

»Oh Mann, ich muss mich konzentrieren!«, schimpfte er, signierte mir aber dennoch meine Stromrechnung, die ich hinterher gleich einrahmen werde.

»Gedenken Sie, eventuell auch Geiseln zu nehmen?«, fragte ich den Bankräuber, weil ich als Krimiautor in Quarantäne den Austausch mit echten Bösewichten sehr zu schätzen wusste.

»Das kommt ganz drauf an, wie es läuft ...«

»Sie scheinen nicht besonders gut vorbereitet zu sein ... Haben Sie wenigstens an ein Fluchtfahrzeug gedacht, Señor Atraco?«

»Hören Sie, Sie gehen mir langsam auf die Nerven!«

»Sie wollen doch nicht etwa mit einem dieser lächerlichen Tretroller für Erwachsene oder gar mit einem E-Fahrrad türmen?«

»KÜMMERN SIE SICH UM IHREN EIGENEN KRAM!«, wurde er laut.

Ich kümmerte mich also eine Weile um meinen eigenen Kram, ehe ich dem Typ vor mir erneut an die Schulter tippte.

»Eine Sache lässt mir keine Ruhe: Dort, wo ich herkomme, nämlich aus Österreich, stehen die Bankräuber nicht brav Schlange. Die drängeln sich nämlich alle vor …«

»Das ist in meinem Fall leider nicht möglich. Die Männer vor mir in der Schlange sind auch alles Bankräuber. Allerdings mit echten Pistolen. Meine Pumpgun ist hingegen nur aus Plastik.«

»Verstehe. Benötigen Sie etwa Hilfe? Ich könnte Ihr Komplize werden oder Ihnen meine Dienste als Geisel anbieten. Natürlich müssten Sie mir dafür einen Großteil der Beute abgeben, aber-«

»Verschwinden Sie endlich oder ich erschieße Sie!«

»Sagten Sie nicht, die wäre aus Plastik?«

»Halten Sie endlich Ihre VERDAMMTE KLAPPE!!!«

»Sehr gerne, obwohl ich mich schon nach der Sinnhaftigkeit ihres Vorhabens frage. Die Bankräuber vor Ihnen in der Schlange machen auf mich nämlich nicht den Eindruck, als würden sie nur 20 Euro abheben wollen, um den Rest Ihnen zu überlassen. An Ihrer Stelle würde ich kurzfristig umdisponieren und einen Supermarkt ausrauben. Die sind nach all den Hamsterkäufen bestimmt-«

»CÁLLATE DE UNA VEZ, HIJO DE PUTAAA!!!«

Diesen O-Ton übersetze ich besser nicht, liebes Tagebuch. Nur so viel: Der Bankräuber schien gerade seine Nerven zu verlieren.

»Ich mache Ihnen ein Angebot, Señor Atraco. Wir tauschen die Plätze und Sie stellen sich hinter mir in der Reihe an. Ich muss nämlich meine Stromrechnung in Höhe von 63,17 Euro bezahlen und wenn Sie die Bank dann hinter mir ausrauben, kommt Ihnen dieser Betrag zugute und nicht der Stromgesellschaft. Logisch, oder?«

»JETZT REICHT'S! Sie nerven ja noch schlimmer als meine Frau!«, sagte er und rannte davon. Es war noch nicht mal Mittag und ich hatte bereits einen Bankraub vereitelt. Mein Freund Ramón, der Polizeichef von Almuñécar, wäre mächtig stolz auf mich.

Ich tippte nun dem neuen Mann vor mir auf die Schulter.

»Sind Sie ebenfalls Bankräuber?«

»Ja. Ich habe Ihr Gespräch mit angehört. Mich können Sie nicht in den Wahnsinn treiben, also versuchen Sie es gar nicht erst!«

»Keine Sorge, ich wollte Sie nur um einen Gefallen bitten. Das wird hier offenbar noch länger dauern und ich muss nach Hause … Wären Sie bitte so freundlich, meine Stromrechnung für mich mit zu bezahlen, sobald Sie mit Ihrem Bankraub an der Reihe sind?«

»Wie bitte?«

»Ich gebe Ihnen natürlich das Geld dafür mit. Die Stromrechnung beläuft sich auf 63,17 Euro. Hier sind 70 Euro und den Rest dürfen Sie quasi als Bearbeitungsgebühr behalten.«

»Oh, das ist aber sehr großzügig von Ihnen.«

»Keine Ursache. Ich muss mich jedoch auf Sie verlassen können. Nicht das man mir den Strom abstellt …«

»Das können Sie. Ich bin Finanzbeamter und äußerst penibel, was Zahlen anbelangt.«

»Aber warum rauben Sie dann eine Bank aus? Können Sie denn Ihre Hypothek nicht länger bezahlen?«

»Es geht mir nicht um die Beute. Ich möchte gefasst werden und in Einzelhaft kommen. Am Abend bevor die Ausgangssperre verhängt wurde, kam meine von mir getrennt lebende Ex-Frau vorbei. Wir zankten uns heftig um ihren Unterhalt. Das dauerte so lange, bis uns Punkt Mitternacht die Ausgangssperre überraschte. Seitdem sind wir gemeinsam eingesperrt. Glauben Sie mir: Guantanamo ist ein Ferienlager dagegen! Nun bleibt mir nur die Wahl zwischen Mord oder Bankraub. Letzteres bedeutet einen deutlich kürzeren Gefängnisaufenthalt. Außerdem las ich in einem Forum für Leidensgenossen, dass die Zeit, die man wegen Corona bereits in Hausarrest saß, so wie eine Untersuchungshaft auf die Haftdauer angerechnet wird.«

»Das klingt sehr gut, dennoch fürchte ich, Sie werden kein Glück haben«, meinte ich und wies auf einen Bankräuber, der gerade mit einem Sack voller Geld aus der Filiale stürmte und nun vergeblich auf die Polizei wartete.

»Die Polizei hat gerade Besseres zu tun, als sich um Bankräuber zu kümmern, die aus familiären Gründen ins Gefängnis möchten. Sie muss die Ausgangssperre kontrollieren.«

Der Mann ließ missmutig seine Pistole sinken. Er tat mir leid.

»Ich kann Ihnen womöglich weiterhelfen«, sagte ich deshalb und wählte die mir bestens bekannte Nummer der lokalen Polizei.

»Bei Verstoß gegen die Ausgangssperre wählen Sie die 1.

Bei häuslicher Gewalt wählen Sie die 2.

Bei Einbruch und Bankraub wählen Sie die 3.

Bei Mord und Totschlag wählen Sie die 4.

Bei sonstigen Verbrechen wählen Sie die 5.«

Diesmal tippte ich die drei.

»Policia local, womit kann ich Ihnen dienen?«

»Schönen guten Tag, mein Name ist Eduard Freundlinger. Ich bin ein Kollege von Ihnen, allerdings wird Ihnen mein Name nicht geläufig sein, weil ich in Ramóns Auftrag undercover für Recht und Ordnung in Almuñécars Straßen sorge. Während dieser überaus gefährlichen Tätigkeit konnte ich vorhin einen Bankräuber in die Flucht schlagen und einen weiteren dingfest machen. Sie müssen ihn nur hier abholen. Wir hocken auf der Parkbank vor der Banco Santander und warten solange auf Sie.«

»Moment, ich verbinde Sie mit dem Boss.«

Nach nur zehn Minuten Wartezeit hatte ich Ramón diesmal ziemlich schnell am Apparat. Offenbar spielte er heute Blitzschach gegen den Computer.

»Hallo Ramón, ich bin's, dein Amigo Eduard. Ich-«

»DU willst mein AMIGO sein? Dass ich nicht lache! Seit jeder im Ort deine miesen Krimis liest, lacht sich halb Almuñécar über uns schlapp! Du stellst uns darin nämlich als Horde inkompetenter und korrupter Vollidioten dar, außerdem-«

»Mann, bist du vielleicht nachtragend, Ramón. Also gut, ich werde bei Gelegenheit einen vierten Krimi schreiben und darin kommst du dann weg wie eine Kreuzung aus Chuck Norris und Sherlock Holmes. Das verspreche ich dir. Und nun hör mir gut zu: Ich habe für dich einen Bankräuber geschnappt. Er ist sogar geständig.«

»Wie hoch ist seine Beute?«

»Beute hatte er noch keine gemacht. Ich habe ihn ja vor der Bank abgefangen und damit seine Tat vereitelt. Was sagst du dazu?«

»WAAAS? Und damit belästigst du mich? Unsere Zellen sind brechend voll mit Quarantäne-Brechern. Für harmlose Möchtegern-Bankräuber, die nur ihren Frauen entkommen wollen, haben wir hier keinen Platz übrig. Und was DICH anbelangt, mein selbst ernannter AMIGO, so wurde mir gestern von einem gewissen Sancho Ranza ein schwerer Fall von Entführung gemeldet. Seine Beschreibung des Kidnappers – ausländischer Akzent, blaue Augen, beginnender Haarausfall, leichter Bauchansatz und dämliches Grinsen – passt hervorragend zu dir.«

»Ramón, es war nicht so, wie du denkst. Ich kann dir das erkl-«

»Spar dir deine Erklärungen und lass mich endlich in Ruhe! Ich habe alle Hände voll zu tun und keine Zeit, mich um gelangweilte Autoren mit Schreibblockade zu kümmern.« Damit legte er auf.

»Tja, wie du siehst, habe ich alles versucht. Bitte vergiss nicht, meine Stromrechnung zu bezahlen«, sagte ich zum Abschied zu dem frustrierten Bankräuber und ging nach Hause.

Dort angekommen waren TT1 und TT2 gerade erst aufgestanden und glotzten Netflix. Ich schob mich in ihr Blickfeld und hob zu einer Ansprache an: »Hört mal zu Mädels, so kann das nicht weitergehen! Ihr braucht eine gewisse Routine in eurem Alltag. Seit die Schule geschlossen ist, hängt ihr nur auf der Couch herum und guckt-«

»Papa, kannst du BITTE aus dem Weg gehen?«, motzten TT1 und TT2 und fuchtelten wild mit beiden Armen. Hinter mir am Bildschirm machte sich gerade ein hübscher Vampir daran, die Halsschlagader einer schönen Jungfrau zu küssen. Inzwischen wusste ich jedoch, wo sich der Ein- und Ausschalter des Fernsehers befand, und den betätigte ich in diesem Moment.

»HALLO? Geht's noch?«, fragten mich TT1 und TT2 gleichzeitig.

»Ab sofort werde ich zum temporären Hauptverantwortlichen eurer Bildung, Erziehung und Stärkung eurer Charaktereigenschaften. In all diesen Bereichen sehe ich noch reichlich Luft nach oben. Wir beginnen direkt mit der ersten Lektion des Heimunterrichts.«

Kurz darauf hockten TT1 und TT2 mit Schreibblöcken, Stiften und ihren Handys im Flugmodus murrend vor ihrem neuen Lehrer.

»Also, was wollt ihr lernen?«, fragte ich meine Schülerinnen.

»So läuft das nicht, Papa. Das musst DU als Lehrer bestimmen. Wie wär's mit Physik, Geografie, Mathematik, Spanisch, Englisch, Chemie oder-«

»Quatsch, was soll ich euch denn in diesen Fächern beibringen? Das wisst ihr doch alles besser als ich. Am besten ich lerne euch etwas, das man euch in der Schule niemals beibringt.«

»Etwa wieder, wie man ein Kondom benutzt?«

»Nein, aber das Grundthema bleibt in etwa dasselbe. Aus aktuellem Anlass, nämlich der Trennung von dir und SS1, werden wir-«

»Aber Papa, wir waren doch gar nicht zusammen.«

»Weil du noch gar nicht kapierst, wie ›zusammen sein‹ geht. Umso wichtiger wird unsere erste Lektion: Liebe, Partnerschaft und zwischenmenschliche Beziehungen im Allgemeinen.«

»Oh Gott, das kann nur wieder megapeinlich werden, Papa«, sagte TT1 und begrub schon mal vorsorglich ihren Kopf unter den Händen.

»Wird es nicht, mein Schatz und durchfallen könnt ihr dabei auch nicht. Also hört genau hin, was euer Vater, quasi ein Guru in diesem Bereich, euch zu sagen hat: Alles reduziert sich auf die richtige Balance. An der fehlenden Balance scheitern die meisten Beziehungen, weil die klappen nur auf derselben Ebene. Nehmen wir also mal an, ein Mädchen ist ihrem Freund in vielen Bereichen überlegen oder ihm in geistigen Belangen voraus.

Somit wäre es die Aufgabe des Mädchens, ihrem Freund auf dieselbe Stufe hoch zu verhelfen. Das funktioniert allerdings nur bei Interesse seitens des Mädchens und das wiederum kann es nur durch Liebe geben. Versäumt das Mädchen, ihren Freund mithilfe ihrer Liebe wachsen zu lassen, entsteht ein Ungleichgewicht. Das war bei dir und SS1 der Fall. Du hast mit TT2, HMA und H_2O an der Expansion von www.rentmydog.com gearbeitet und nebenbei sogar manchmal für die Schule gebüffelt – und er hat in der Zwischenzeit 14,6 Prozent unserer Vorräte an Nüssen und Popcorn gefuttert und 18 Stunden Netflix am Tag geschaut. Dabei ist eine Schieflage entstanden. Du hast aus mangelnder Liebe kein Interesse gezeigt und SS1 wollte nicht an deiner Seite wachsen, ergo wurde euer zartes Pflänzlein nicht genügend bewässert. Weil SS1 zu faul für Wachstum und Veränderung war, hat er dich mit einigen blöden Sprüchen, die mir im Übrigen nicht entgangen sind, auf seinen viel niedrigeren Level herabzuziehen versucht, und so eine Balance zwischen euch herzustellen. Doch dazu warst du nicht bereit, und deshalb bin ich stolz auf dich«, sagte ich zu TT1, die mich mit großen Augen anglotzte.

»Papa, du bist ja gar-«

»… Kein so übler Macho, ich weiß«, pflichtete ich meiner Tochter bei, nahm sie in den Arm und beendete den Unterricht. Für heute hatten TT1 und TT2 genug gelernt, liebes Tagebuch.

QUARANTÄNE-CHRONIKEN, EINTRAG 16

Der Spatenstich für mein neues Werk,
und der Covid TT Discount Markt.

Liebes Tagebuch,

gleich nach dem Frühstück (eine Dose Schlemmer-Graupen-Eintopf, Restbestand: 83 Konserven) absolvierte ich auf der Terrasse mein Yogaprogramm für Profis. Während ich der Reihe nach die Übungen ›der verknotete Salamander im Handstand‹, ›der seitenverkehrte Halbmond‹ und ›die läufige Hündin‹ abspulte, kam mir wie aus dem Nichts eine geniale Idee für einen neuen Roman. Ich verzichtete sogar auf die Übung ›das einbeinige gerupfte Suppenhuhn‹, um dieses zarte kreative Pflänzlein nicht zu entwurzeln. Sollte sich meine Schreibblockade etwa ihrem Ende nähern? Im Homeoffice öffnete ich eine neue Word-Datei und gab ihr den bezeichnenden Titel ›Geistesblitz für meinen neuen Bestseller‹. Gerade als ich meine unkontrolliert sprudelnden Ideen in die Tasten hämmern wollte, hämmerte jemand gegen die Tür meines Homeoffice.

»Hast du das Ladekabel meines Handys gesehen?«, fragte TT2.

»Nein, das hat bestimmt H2O gefressen. Und bitte stört mich heute nicht, ich muss arbeiten!« Grummelnd zog TT2 die Tür zu. Ehe ich zum historischen literarischen Spatenstich für mein neues Werk ansetzte, bereitete ich einen Instantkaffee (Restbestand: circa 8.300 Tassen) zu. Als ich danach gerade den ersten Buchstaben (ein W) in das leere Word-Dokument tippte, blinkte im Handy eine WhatsApp auf. Ich bin eigentlich kein Typ, der sich so leicht von der Arbeit ablenken lässt, trotzdem guckte ich mir 23 Minuten lang ein lustiges Quarantäne-Video an, an dessen Ende ein Link stand. Dieser führte mich auf Facebook. Dort verlor sich seine Spur, dafür las ich Dutzende Virus-Posts meiner 4.973 besten Freunde. Einer führte mich weiter auf eine Nachrichtenseite, wo es ebenfalls viel Interessantes über Corona zu lesen gab. Von dort folgte ich einem Link auf Instagram und über Twitter wieder zurück auf eine andere Webseite. Dort klickte ich auf eine Werbeanzeige und gelangte (natürlich völlig aus Versehen) auf eine in diesen Tagen seltsam anmutende Seite. Da sich meine sozialen Kontakte seit 17 Tagen auf MvH, TT1, TT2, HMA, KCA und Köter H2O beschränkten, verweilte ich etwas auf dieser Seite und schaute diesen fröhlichen Menschen bei der Arbeit zu. Niemand trug dabei Atemmasken! Außerdem fehlte ihnen jegliche Schutzbekleidung, und selbst den überall empfohlenen Sicherheitsabstand von 1,5 Metern ignorierten diese Damen und Herren in diesen Videos völlig. Ich vermutete, die Protagonisten wollten sich vorsätzlich mit Corona infizieren und sich so gegen das Virus autoimmunisieren. Warum sonst sollten sie sich das Covid-19 gegenseitig von ihren nackten verseuchten Körpern lecken? Oder es handelte sich um eine dieser Sekten, die gemeinsam Suizid betrieben? In dem Moment hämmerte jemand gegen die Tür. Gerade noch rechtzeitig ehe TT1 und TT2 ihre Köpfe in mein Büro steckten, klickte ich diese widerliche Seite ins virtuelle Nirvana.

»Wie oft soll ich euch noch sagen, dass ich nicht gestört werden möchte, während ich an meinem neuen Bestseller schreibe?«

»Aber Papa, wir wollten dich fragen, ob wir-«

»Jaha, macht nur!«, antwortete ich, ohne genauer hinzuhören, weil ich endlich meine tolle Idee zu Papier bringen wollte. Außerdem konnte man seinen Töchtern bei Quarantäne nicht alles verbieten.

»Echt? Du erlaubst es uns also? Wir dürfen also die übrigen-«

»Ja, verdammt! Und nun lasst euren Vater BITTE weiter-
arbeiten!«

Gerade als ich den zweiten Buchstaben (ein A) zielsicher hinter das W setzte, erhielt ich die E-Mail einer Leserin:

»Sehr geehrter Herr Freundlinger, soeben habe ich Ihren Roman ›Wie ich vom Weg abkam, um nicht auf der Strecke zu
bleiben‹ zu Ende gelesen. Ich konnte Ihr Buch nicht aus der
Hand legen und blätterte die halbe Nacht lang atemlos und
ungläubig von Seite zu Seite …«

Ich klopfte mir dreimal auf beide Schultern. ENDLICH erkannte jemand mein außergewöhnliches literarisches Talent.

Gebannt las ich weiter:

»… auf der verzweifelten Suche nach wenigstens EINER
Stelle, bei der man sich als Leserin nicht für den Autor Fremd-
schämen muss! Leider fand ich keine. Ich habe noch nie zuvor
ein dermaßen schlechtes-«

Aus Zeitmangel überflog ich die restlichen Zeilen der Mail
und antwortete mit einer Standardnachricht. Da ich mich nun
schon mal mit der Beantwortung meiner Fanpost befasste,
schrieb ich gleich 27 weiteren Lesern zurück, die mir in den
vergangenen Tagen ebenso euphorisches Feedback (schließlich
war keine Morddrohung darunter) zu einem meiner Romane
schickten. Zwei Stunden später, es war mittlerweile Nachmittag, wollte ich endlich meine neue Idee weiterspinnen. Um gar
nicht erst in Versuchung zu geraten, loggte ich mich aus dem
Internet aus. Nun gab es nur noch meinen Ideenreichtum und
das Word-Dokument mit den vielversprechenden Buchstaben
W und A. Als ich den dritten Buchstaben einfügte (ein S), klingelte mein Handy. Mein Kumpel Walter war in der Leitung.
Er wohnt im Nachbarort La Herradura. Wir tauschten uns 43

Minuten lang über Corona und die verschiedenen Möglichkeiten für einen perfekten Mord während der Ausgangssperre aus. Weil meine Zunge bereits gelockert war, rief ich auch gleich noch meinen Vater (34 Minuten) und meinen Bruder (58 Minuten) in Österreich an, um mich nach ihrem Wohlbefinden oder (bei gewissen Symptomen) nach ihrem Testament zu erkundigen. Inzwischen war es draußen dunkel geworden und damit höchste Zeit, meine Idee auf Papier zu bringen. Ich schaltete das Handy aus und zog den Stecker aus sämtlichen Elektrogeräten inklusive Kühlschrank, um nicht länger abgelenkt zu werden. Nun stand meiner Kreativität nichts mehr im Wege. Leider konnte ich mich nicht mehr an meine Idee erinnern. Mein Zeigefinger kreiste unschlüssig über den Buchstaben U, R, A und S und wusste nicht, für welchen er sich entscheiden sollte. Als er sich eben dem S näherte, klingelte es an der Wohnungstür. Das konnte in diesen Zeiten nichts Gutes bedeuten. Im Spion sah ich eine ältere Dame im Morgenmantel, die mit ihrem Rollator vor der Tür stand. Da von ihr, außer Corona, keine Gefahr auszugehen schien, öffnete ich die Tür einen Spalt breit.

»Ja?«

»Ich wohne in der siebten Etage und hätte gerne fünf Eier, vier Rollen Klopapier, eine Packung Mehl, zwei Ravioli-Dosen und eine Haftcreme für dritte Zähne.«

»Da sind Sie bei mir falsch, gnädige Frau. Ich fürchte, da müssen Sie schon zu Mercadona oder Lidl gehen.«

»Aber ich zähle zur Risikogruppe und bin nicht so gut zu Fuß.«

Ich hatte ein Einsehen mit der Dame. Da man nun zusammenstehen musste, besorgte ich die Dinge in unserem Hamster-Lager, steckte alles in eine Einkaufstüte und schob ihr diese mit dem Fuß in Richtung Rollator.

»Haftcreme haben wir leider keine, aber alles andere schon.«

»Kann man bei Ihnen auch mit Karte bezahlen?«, fragte sie mich.

»Wie bitte? Nein, natürlich nicht.«

»Ich habe kein Bargeld. Akzeptieren Sie Paypal oder Bitcoins?«

»Nein, Sie brauchen nichts zu bezahlen. Ich schenke es Ihnen.«

»Das ist aber sehr großzügig. Ich werde meinen Nachbarinnen aus der sechsten und achten Etage von Ihnen erzählen«, sagte sie und schob ihren Rollator in Richtung Aufzug.

»Tun Sie das bitte nicht!«, rief ich ihr hinterher.

Zurück im Homeoffice entschied sich mein linker Zeigefinger nach drei Minuten des Zögerns für den Buchstaben S. Damit hatte ich heute bereits ein vollständiges Wort (nämlich ›Was‹) geschrieben und sogar mit einem Zweiten begonnen. Die fantastische Idee von heute Morgen war mir längst entfallen, trotzdem blieb ich weiter hartnäckig und suchte auf der Tastatur nach einem passenden Folgebuchstaben für das S. Da klingelte es erneut an der Tür. Jetzt reichte es mir! Ich riss die Wohnungstür auf. Davor standen ein Rentner mit einer Baskenmütze und einer leeren Jutetüte in der Hand und eine Oma mit Atemschutzmaske und Einkaufskorb. Von beiden wusste ich nur, dass sie im selben Gebäude wohnten.

»Was wollen Sie von mir?«

»Na, einkaufen«, sagte der Rentner.

»WAAAS? Steht auf meiner Wohnungstür etwa Lidl?«,

»Nein, aber ›Covid TT Discount Markt‹.«

Schon klar. Der Alte litt an Alzheimer oder Schlimmeren.

»Nein, das steht dort mit Sicherheit nicht. Ich wünsche Ihnen einen schönen Tag, und-« Doch da hatte der Rentner schon den Gehstock in die Tür gezwängt, die ich gerade zuknallen wollte.

»Ich nehme drei Dosen Linsensuppe des Angebots nimm drei und zahle vier, und obendrein die drei Klopapierrollen im Sparpaket von 20 Euro für drei Rollen, anstatt von fünf Euro für die Einzelrolle«, sagte der Alte.

»Und ich nehme drei Dosen Bohneneintopf zum Discountpreis von 29,99 Euro anstatt vorher 19,99 Euro. Außerdem die 1.000-Gramm-Packung Nudeln, die nur heute 30 Prozent mehr kostet«, sagte die Dame.

»Sind hier denn alle verrückt geworden? Diese Wohnung ist eine Mischung aus Gefängnis, Irrenanstalt und Homeoffice – aber mit Sicherheit kein EINKAUFSZENTRUM!«

»Aber hier steht doch: ›Für Waren des täglichen Bedarfs, klingeln Sie bitte bei 1F im ersten Stock.‹«

»WO STEHT DAS?«

Der Alte legte ein Werbeprospekt auf den Boden und schob es mit seinem Gehstock in meine Richtung. Ich hob den Zettel auf und traute meinen Augen nicht.

›AKTION NACHBAR IN NOT‹, stand dort in großen Buchstaben auf dem selbstgemalten Prospekt. Darunter eine Liste unserer Vorräte und daneben die Preise dafür – horrende Preise, liebes Tagebuch!

»Das muss ein Irrtum sein, hier-«

»Hier sind Sie völlig richtig,« rief TT1 plötzlich hinter meinem Rücken und zog mich beiseite.

»Guten Tag. Ich bin die Managerin des Covid TT Discount

Markts, und das ist die stellvertretende Filialleiterin. Was können wir für Sie tun?«

Ich verzog mich in mein Homeoffice, atmete 100 Mal tief durch und zählte dann sehr langsam bis 1.000, während ich an schöne Dinge dachte (darunter eine leckere Paella und eine kühle Flasche Weißwein in meinem bevorzugten Strandrestaurant). Als die akute Gefahr, meinen Töchtern den Kragen umzudrehen, halbwegs gebannt war, und der Ansturm im Supermarkt nachgelassen hatte, rief ich eine dringliche Quarantäne-Sondersitzung ein.

»Was zum Teufel habt ihr euch denn dabei gedacht?«

»Aber Papa, du hast es uns doch erlaubt?«

»WAS habe ich euch erlaubt? Unsere letzten Vorräte zu verkaufen?«

»Wir haben doch genug davon und SSı futtert nun auch nicht mehr mit, also können wir ruhig etwas davon verkaufen und damit unser mickriges Taschengeld aufbessern.«

»Jetzt hört mir mal genau zu, Señoritas: Für unseren Hamsterkauf musste ich meine Altersvorsorge kündigen, meine Aktien verkaufen UND mein Auto, die Golfschläger und meine Armbanduhr um jeweils die Hälfte des Marktwerts verschleudern. Und was macht IHR beiden Hübschen? Ihr verhökert unsere Notvorräte hinter meinem Rücken, und bringt dadurch unsere Familie in äußerste Lebensgefahr!«

»Aber wir haben doch genug für alle. Außerdem müssen wir unser peinlich geringes Taschengeld aufbessern.«

»AUFBESSERN? Bei den Preisen seid ihr bald reicher als der Chef von Amazon. Und was hab ich davon?«

»Du bekommst natürlich den Einkaufspreis zurück, Papa. Aber die Handelsspanne verbleibt bei uns.«

»Aber was soll euer Kosename im Firmenlogo?«

»Du meinst das TT? Das steht für Total Teuer.«

Daraufhin musste ich erstmal sechs Bierdosen trinken, liebes Tagebuch. Bei nur 19,99 Euro pro Dose könnten meine wichtigsten Vorräte rasch ausverkauft sein. Aber immerhin hatte ich heute bereits vier Buchstaben zu Papier gebracht, und aller Anfang ist ja bekanntlich schwer …

QUARANTÄNE-CHRONIKEN, EINTRAG 17

Der Buddha mit Sodbrennen,
und Spidermans Besuch.

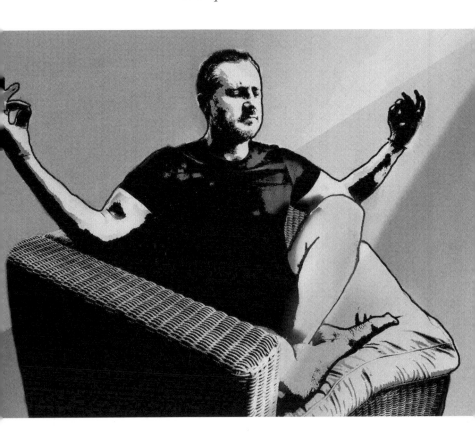

Liebes Tagebuch,

gleich nach dem Frühstück (138 Gramm Cornflakes in Olivenöl mit drei Esslöffeln Mayonnaise) begab ich mich voller Tatendrang in mein Homeoffice. Doch leider schien meine Schreibblockade über Nacht zurückgekehrt zu sein. Mir gingen tausende Dinge durch den Kopf, nur keine Idee, wie ich meinen neuen Roman nach dem ersten Wort (Was) und dem Anfangsbuchstaben des zweiten Worts (S) fortsetzen sollte. Ich klagte mein Leid MvH, die unseren Quarantäne-Wahnsinn mit einer stoischen Gelassenheit ertrug, als wäre sie die Nichte des Dalai Lama.

»Versuch's doch mal mit Meditation«, riet sie mir.

»Meditation? Das kommt nicht infrage! Als mein Fitnessstudio noch offen hatte, nannten sie mich den Terminator, und nun soll ich neben Yoga auch noch meditieren wie ein tibetanischer Mönch?«

»Es bringt Geist und Körper in Einklang und hilft-«

»Das bekomme ich auch mit Alkohol auf die Reihe. Aber gut, wenn du schon unbedingt irgendwas Fernöstliches praktizieren willst, wie wär's dann mit Kamasutra?«

Aber mit meiner Frau war es wie bei TT1 und TT2 – Einwände waren zwar erlaubt, wurden aber nicht mal in Betracht gezogen.

»Jetzt suchst du dir erst mal eine bequeme Position«, meinte sie deshalb kurz darauf auf der Terrasse. Ich lümmelte mich auf das Sofa. Ein Bein legte ich auf den Tisch davor und das andere über die Sofalehne. Mit den Händen widerstand ich der Versuchung, in der Nase zu bohren oder mich an den Genitalien zu kratzen, und legte sie stattdessen behutsam auf den derzeit weichen Bauch.

»Aber doch nicht SO! Ich sagte, du sollst BEQUEM sitzen.«

»Aber das ist doch bequem!«

»Nein, DAS ist bequem«, sagte MvH, verknotete ihre Beine und hockte sich mit dem Hintern darauf.

»WAAAS? Und das soll bequem sein?«

»Sehr sogar. Diese Position eignet sich hervorragend zur Meditation. Und jetzt du …«

Mit einiger Gewalt zwängte ich meine Beine in die entsprechende Position. Dabei überdehnte ich beide Kreuzbänder, verlor eine Kniescheibe und brach mir drei Zehen. Dennoch hockte ich schon eine halbe Stunde später auf der Couch wie Buddha mit Sodbrennen.

»Sehr schön. Und nun die Handflächen nach oben, ein paarmal tief durchatmen und dann an nichts denken«, sagte meine Lotusblüte.

»Auch nicht an die Schmerzen in meinen Beinen?«

»Nein!«

»Auch nicht an das Coronavirus?«

»Nein!«

»Auch nicht an unseren Kontostand?«

»NEIN!«

»Aber woran soll ich denn dann denken?«

»Na, an NICHTS eben!«

Das war leichter gesagt als getan, liebes Tagebuch. Ich schloss meine Augen und versuchte an nichts zu denken. Die erste Stunde scheiterte ich kläglich. Meine Gedanken flipperten von einem Problem zum nächsten und Probleme gab es in Endlosschleife. Doch dann stellte ich mir dieses Nichts wie ein schwarzes Loch im Universum vor. Ich steuerte einfach mal drauf zu und ließ mich hineinplumpsen. Und tatsächlich: Ich dachte eine

Weile an nichts und dieser Zustand hielt sogar an. Irgendwann sah ich ein Licht vor meinem inneren Auge. Ich ruderte mit den Armen darauf zu, schließlich konnte es sich dabei nur um die Erleuchtung handeln.

»RUTSCHEN SIE ENDLICH ZUR SEITE!«, brüllte jemand, als ich kurz vor meiner Erleuchtung war. Wie bitte? Galt das etwa mir, fragte ich mich, obwohl ich doch weiter an nichts denken sollte.

Ich schwirrte eine Weile orientierungslos im Nirwana umher, fand aber das Licht der Erleuchtung nicht mehr.

»SIND SIE TAUB, MANN!«, brüllte dieselbe Stimme.

Ich schlug die Augen auf. Was war das denn für ein Radau auf der Straße? Ich wollte nachsehen, aber das war gar nicht so einfach. Ich musste erst die Beine entknoten und das Ende des Krampfes abwarten. Danach hinkte ich zum Geländer und blickte zur Straße hinab. Dort war außer einer streunenden Katze niemand zu sehen.

»GEHEN SIE ENDLICH AUS DEM WEG, SIE IDIOT!«

Ich starrte nach oben. In der sechsten Etage stand ein Mann auf der Brüstung der Terrasse.

»Meinen Sie etwa mich?«

»NA, WEN DENN SONST?«

»Und wieso soll ich aus dem Weg gehen?«

»DAMIT ICH IHNEN NICHT AUF DEN KOPF FALLE, SIE BLÖDMANN!«

Jetzt verstand ich, was der Mann bezweckte. Dazu muss ich jedoch anmerken, dass wir in der ersten Etage über die größte Terrasse aller Wohnungen verfügen, liebes Tagebuch. Ich befand mich also mitten in der Einflugschneise eines potenziellen Selbstmörders. Der Typ hatte scheinbar die Quarantäne satt und wollte freiwillig aus dem Leben scheiden. Zum Glück verfügte ich wegen TT1 und TT2 über exzellente psychologische Kenntnisse.

»Tun Sie das nicht!«, rief ich zu dem Mann hoch.

»UND WARUM NICHT?«

»Meine Frau hat heute die Terrasse geschrubbt!« (Ich wollte schon ›Sie wird Sie umbringen, wenn Sie hier alles versauen‹ anfügen, aber womöglich verstand der Typ keinen Spaß.)

»IHRE FRAU IST MIR SCHEISSEGAL!«

Der Mann war scheinbar nicht so leicht umzustimmen. Ich versuchte es mit einem Zitat aus der klassischen Literatur:

»Niemand ist nutzlos in dieser Welt, der einem anderen die Bürde leichter macht!« Doch der Kerl schien nicht sonderlich belesen zu sein oder verstand die Message dahinter nicht.

Ich musste mich wohl verständlicher ausdrücken:

»Denken Sie an Ihre Bank! Wer soll die nächsten 30 Jahre lang Ihre Hypothek bezahlen, wenn Sie springen? Und denken Sie an Ihren Chef! Wer soll die nächsten 20 Jahre für einen Hungerlohn für ihn arbeiten, während er in der Karibik Mojitos schlürft?«

Das schien Wirkung zu zeigen, aber ich war noch nicht fertig:

»Und denken Sie an die korrupten spanischen Politiker! Wie sollen die sich weiter die Taschen vollstopfen, wenn Sie keine Steuern mehr bezahlen?« Mir tropfte etwas an die Stirn. Da keine Wolken zu sehen waren, konnte es sich nur um Tränen des möglichen Selbstmörders handeln.

»Sie haben ja recht. Ich würde viele Menschen enttäuschen …«

»Na also. Und nun kommen Sie runter zu mir, und wir trinken ein Bier zusammen. Aber nehmen Sie um Gottes Willen den Aufzug!«

»Das würde ich gerne, aber meine Tante hat die Tür aus Angst vor Plünderern verriegelt, und hinterher den Schlüssel verlegt.«

»Wie bitte?«

»Sie hat vor 17 Tagen ihren 70. Geburtstag gefeiert und dazu zwölf Freundinnen zu Kaffee und Kuchen eingeladen. Ich war auch eingeladen, aber nur weil ich spätabends den verstopften Abfluss der Toilette reparieren musste. Das dauerte bis nach Mitternacht und plötzlich stand ich gemeinsam mit 13 Omas unter Quarantäne.«

»Oh Gott, das ist ja schrecklich. Und wo sind die Damen jetzt?«

»Drei oder vier von ihnen sind schon tot und die anderen halten gerade ihren Mittagsschlaf. Sie haben tatsächlich Bier zu Hause?«

»Ja, aber wie wollen Sie zu mir ... Oh Gott, NEIN!!!«

Aber da war es schon zu spät. Der Typ kletterte die Fassade hinab wie Spiderman auf Ecstasy. Wenige Minuten später saß Juan Montana, so hieß der Extremkletterer, mir mit einem Dosenbier gegenüber.

»Und was wollen Sie nun machen?«, fragte ich ihn.

»Ich werde versuchen ins Gefängnis zu gelangen, um dieser Hölle zu entfliehen, habe aber keine Erfahrung darin. Hätten Sie einen Rat für mich?«

»Sie könnten im Supermarkt die Griffe der Einkaufswagen ablecken und dann die Kassiererin auf beide Wangen küssen. Früher war das bestenfalls sexuelle Belästigung, heute ist das ein Mordversuch und wird mit mindestens zehn Jahren Haft geahndet. Falls Ihnen das jedoch zu eklig sein sollte, könnte ich bei meinem Kumpel Ramón von der örtlichen Polizei ein gutes

Wort für Sie einlegen. Haben Sie denn die Damen vorsätzlich ermordet oder aus Notwehr?«

»Dazu hätte ich gute Lust gehabt, aber die sind wohl durch Corona gestorben.«

»So ein Pech. Weil mit mehrfachem Mord hat man noch gute Chancen, an eine der heiß begehrten Gefängniszellen zu gelangen.«

Während wir über die beste Strategie berieten, wie Juan Montana in den Knast käme, versorgten uns TT1 und TT2 mit reichlich Bier. Das hatten die beiden unaufgefordert noch nie getan.

Abends entschied sich mein neuer Amigo für das Naheliegende: einen Spaziergang am Strand. Darauf stand die Höchststrafe. Als er sich gerade über die Balustrade schwang, um zur Straße hinab zu klettern, kam TT1 mit ihrem Sparschwein herbeigeeilt.

»Das macht dann bitte 79,96 Euro für die vier Bierdosen.«

»WAAAS?«, beschwerte sich Juan Montana.

»Das sind die Preise unseres Covid TT Discount Markts. Hat Ihnen das mein Vater denn nicht gesagt?«

»Nein, aber das ist doch Wucher! Und Tapas gab's auch keine dazu!«

»Besondere Zeiten erfordern eben besondere Preise«, meinte TT1.

Spiderman bezahlte grummelnd und kletterte von unserem Balkon.

»Und von dir kriegen wir noch 76,23 Euro, Papa …«

»WAAAS? Seid ihr bescheuert?«

»Deine vier Dosen stammten ebenfalls aus unserem Supermarkt und wie gestern vereinbart, ziehen wir dir den Einkaufspreis von der Rechnung ab.«

»Aber das sind doch ohnehin MEINE Bierdosen.«

»Die Regierung geht gerade dazu über, Firmen und Besitztümer zu verstaatlichen oder zu beschlagnahmen. Meine Schwester und ich halten das auch bei unseren Vorräten für das Beste. Besondere Zeiten erfordern eben besondere Maßnahmen …«

QUARANTÄNE-CHRONIKEN, EINTRAG 18

Das Problem mit der Stretch-Limousine, Stardesignerin TT2, und der erste Corona-Todesfall in unserer Familie.

Liebes Tagebuch,

gleich nach dem Frühstück (Dosenspargel mit drei Esslöffeln Himbeermarmelade) absolvierte ich mein Yogaprogramm für Profis. Als ich gerade mit der Übung ›die gefaltete Sphinx‹ fertig war und mit ›der vergessliche Krieger im Schulterstand‹ beginnen wollte, piepste (zweimal kurz und dreimal lang) mein Handy neben der Yogamatte. Und damit nahm das heutige Drama seinen Lauf ...

Denn diese Tonfolge stand für die Terminkalender-Funktion. Doch an welchen wichtigen Termin wollte mein Handy mich (der ich nicht mal zur systemrelevanten Bevölkerungsschicht zählte) erinnern? Ich setzte meine Lesebrille auf und sah nach.

»OH GOTT!« Ich sank zu Boden und begrub meinen Kopf unter den Händen. Ich war geliefert, soviel stand schon mal fest. Ich las den Termin ein zweites Mal, aber ich hatte mich nicht verlesen:

'Stretch-Limousine abholen', stand in Großbuchstaben in meinem Terminkalender. Aufgrund der Aufregung der vergangenen Tage hatte ich TT1's morgigen 16. Geburtstag total vergessen. Zu diesem Anlass wollte ich ihr zusammen mit ihren drei besten Freundinnen einen tollen Ausflug in einer Stretch-Limousine spendieren. Bei dieser Gelegenheit hätten sie tausende Fotos für Instagram machen können, dachte ich. Doch diese brilliante Idee hatte ich noch in den guten alten Zeiten gefasst, als Corona bloß ein übles mexikanisches Gebräu und kein tödliches Virus war.

Ich wählte die Nummer der Autovermietung. Vielleicht gab es für so etwas ja Sondergenehmigungen? Wie bei den meisten

Firmen ab zwei Mitarbeitern bekam ich es auch hier gleich mit geballter künstlicher Intelligenz zu tun:

»Vielen Dank für Ihren Anruf und einen wunderschönen guten Tag«, sagte eine angenehme weibliche Computerstimme.

»Den wünsche ich Ihnen ebenfalls. Und vor allem: bleiben Sie gesund und fangen Sie sich keinen Computervirus ein!«, gab ich höflich zurück.

»Wollen Sie einen Wagen ausleihen, wählen Sie die 1.

Wollen Sie einen Wagen zurückgeben, wählen Sie die 2.

Hatten Sie eine Panne, wählen Sie die Nummer des Pannendiensts.

Haben Sie einen Wagen zu Schrott gefahren, wählen Sie gefälligst die 3, Sie verdammter Idiot.

Für alles andere verbinden wir Sie mit der nächsten virenfreien Mitarbeiterin. Wir bitten Sie um jede Menge Geduld.«

»Sunshine Car Rental, was wollen Sie?«, fragte mich zwei Stunden später eine Mitarbeiterin aus Fleisch und Blut, die im Hinblick auf Freundlichkeit ihrer KI-Arbeitskollegin schon im ersten Satz nicht das Wasser reichen konnte.

»Schönen guten Tag, mein Name ist Eduard Freundlinger. Ich hatte vor fünf Monaten für morgen eine Stretch-Limousine reserviert. Meine ältere Tochter feiert nämlich ihren 16. Geburts-«

»Und was wollen Sie nun von mir?«

»Na, die Limousine! Schließlich wurde meine Kreditkarte bereits belastet, und-«

»Nun hören Sie mir mal gut zu, Sie Scherzbold: Unsere Limousinen wurden von der Regierung beschlagnahmt und sind nun rund um die Uhr als Leichenwagen im Einsatz. Außerdem dürfen Sie nun ohnehin kein Fahrzeug fahren, jedenfalls kein ziviles. Auf Wiederhö-«

»Haben Sie zufällig ein unzivilisiertes Fahrzeug zu vermieten?«

»EIN WAAAS?«

»Na, ein offizielles Fahrzeug mit dem man auf der Straße fahren darf. Ich denke dabei an Polizeiwagen, Feuerwehrauto oder einen Krankenwagen in schnittiger Limousinenform?«

»Nein, wieso sollten wir-«

»Haben Sie wenigstens einen weißen SUV im Angebot? Darauf könnte ich ein dickes rotes Kreuz malen und …«

Doch die Dame hatte bereits aufgelegt. Das Virus hatte scheinbar auch den Kundenservice vieler Firmen befallen, liebes Tagebuch.

Doch wie gelangte ich nun bis morgen an eine Stretch-Limousine, mit der man obendrein unbehelligt über die spanischen Straßen kurven konnte? Über diese Frage zermarterte ich mir gerade meinen Kopf, als TT2 ihren Kopf in mein Homeoffice steckte.

»Hilfst du uns mal eben?«, fragte sie mich.

»Bei was?«

»Wir stellen die Möbel der Wohnung um.«

»WAAAS? Wieso das denn?«

»Ich bin seit 04:30 Uhr morgens mit allen Staffeln von ›The Great Interior Design Challenge‹ auf Netflix durch. Darin ging's um coole Innenarchitektur. Und jetzt will ich nicht mehr Tierärztin werden, sondern Stardesignerin. Unsere Wohnung wird mein erstes größeres Projekt«, sagte sie und hielt mir eine Skizze mit der künftigen Anordnung unserer Möbel unter die Nase.

Ich folgte ihr in unser Wohnzimmer. Dort gab es vier bestimmende Elemente und diese hatten seit Urzeiten eine beruhigende Wirkung auf mich: Linkerhand stand der Tisch mit den Stühlen und dahinter an der Wand befand sich ein Schrank. Rechterhand die Couch und davor der Fernseher auf dem Fernsehtisch. Das hatte für mich den entscheidenden Vorteil, dass ich nicht erst lange nach der Couch suchen musste, wenn ich müde wurde, sondern sie quasi im Schlaf fand. Ich musste auch nicht lange mit meinem Teller auf der Suche nach dem Esstisch durch das Wohnzimmer irren, denn dieser stand immer an derselben Stelle: links vorne! Außerdem war auf unsere Möbelstücke (im Gegensatz zu vielen Zeitgenossen) stets Verlass. Ich konnte abends mit dem guten Gefühl zu Bett gehen, dass meine Couch auch am nächsten Morgen noch am selben Platz stand. Und diese letzte fragile Ordnung in meinem Quarantäne-Leben wollte TT2 nun wegen einer bescheuerten Netflix-Serie ruinieren?

»Das kommt ÜBERHAUPT nicht infrage!«

»Aber Papa, wir haben doch schon damit begonnen«, sagte TT2 und zeigte auf den Beistelltisch der Couch, über den ich künftig mit der Yogamatte unter dem Arm hüpfen müsste, um zur Terrasse zu gelangen. Denn eines hatte die angehende Stardesignerin nämlich nicht bedacht, liebes Tagebuch: Unser Wohnzimmer verfügt über bedeutsame Komponenten, welche die bisherige Anordnung der Möbel sinnvoll machten – darunter ein Fenster, die Schiebetür zur Terrasse, die Durchreiche zur Küche, eine Tür in die Küche, eine zweite in den Flur und mehrere Lichtschalter und Steckdosen.

»Das wird so nicht funktionieren …«, wandte ich ein, aber dass meine Einwände ebenso sinnlos waren wie eine Autowäsche bei Regen, hatte ich gestern bereits erwähnt.

»Hast DU alle Staffeln von ›The Great Interior Design Challenge‹«?, fragte TT2 und glotzte mich an, als hätte ich über Nacht ihr Nabelpiercing abmontiert.

»Nein«, musste ich kleinlaut zugeben.

»NA ALSO, dann kannst du auch nicht mitreden!«

Ich wollte schon protestieren oder eine Quarantäne-Sondersitzung anberaumen, um dieses Thema im Corona-Parlament zur Abstimmung zu bringen, aber dann überlegte ich es mir anders. Wie ich im Buch ›Erziehung für Dummies‹ mal gelesen hatte, sollte man seinen Kindern nicht immer oberlehrermäßig daherkommen, sondern sie manchmal auch aus ihren eigenen Fehlern lernen lassen.

»Also gut. Dann lass uns mal das Wohnzimmer neu designen. Wird ohnehin höchste Zeit für etwas Feng-Shui in unserer Bude«, sagte ich zur hochmotivierten TT2. Zwei Stunden später waren wir damit fertig. Im selben Moment schrie jemand »HILFEEE!« Es war MvH. Wir hatten sie in der Küche eingesperrt. Vor der Küchentür stand jetzt nämlich der Schrank. Sie konnte nicht mal durch die Durchreiche klettern. Darin stand der Fernseher. Also räumten wir eine weitere Stunde lang um. Inzwischen war es Nacht geworden, liebes Tagebuch. Aber nur in unserem Wohnzimmer. Der Schrank stand jetzt nämlich vor dem einzigen Fenster. Und um auf die Terrasse zu gelangen (wo nun der Fernseher unter freiem Himmel stand), musste man über das Sofa klettern. Zum Glück hatte TT2 so manches von ihrem Vater – darunter jede Menge kreative Einfälle. Eine Stunde später war unser Wohnzimmer erneut nicht wiederzuerkennen. Der Tisch verstellte nun die Tür zum Flur, aber man konnte über die Küche und die Durchreiche ins Wohnzimmer gelangen, vorausgesetzt man verfügte über genügend Kraft, um den Schrank vor der Durchreiche zur Seite zu schieben.

ABER, liebes Tagebuch, TT2 schien an Ihrer Aufgabe zu wachsen, denn siehe da: drei weitere Stunden und ebenso viele Feng-Shui-Maßnahmen später, stand linkerhand der Tisch mit den Stühlen und dahinter an der Wand befand sich der Schrank. Rechterhand standen nun die Couch und davor der Fernseher auf dem Fernsehtisch.

Unglaublich stolz umarmte ich meine talentierte TT2.

»Das hast du wirklich toll hinbekommen. Selbst auf Netflix wären Sie niemals auf diese kreative Lösung gekommen«, lobte ich TT2, der durch das viele Umstellen scheinbar entgangen war, dass alle Möbel nun wieder exakt an der altbekannten Stelle standen.

»Danke, Papa. Freut mich, dass es dir gefällt. Aber wir könnten den Tisch noch etwas nach-«

»NEIN! So ist es wirklich perfekt, mein Schatz.«

Heilfroh, meine Töchter einen weiteren Tag sinnvoll beschäftigt zu haben, grübelte ich in meinem Homeoffice über mein Dilemma nach. Morgen feierte TT1 ihren 16. Geburtstag und ich hatte nicht mal ein Geschenk für sie. Dabei wäre der Ausflug mit der Stretch-Limousine genial gewesen. Wie immer, wenn ich die Lösung für ein kniffliges Problem suchte, stellte ich mir vor, ich wäre der Held in einem meiner Romane, nämlich (kurze Werbeunterbrechung) ›Pata Negra‹, ›Die schwarze Finca‹, ›Im Schatten der Alhambra‹, ›Wie ich vom Weg abkam, um nicht auf der Strecke zu bleiben‹ und ›Don Alberto – Ein Leben am Limit‹ (Ende der Werbepause). Ich fragte mich also, was mein Romanheld an meiner Stelle tun würde? Schon kurz darauf hatte ich die perfekte Lösung! Das Problem dabei war allerdings, dass die Helden in meinen Büchern stets ungeschoren davonkamen. Davon konnte ich bei meinem Vorhaben nicht mal träumen. Dennoch griff ich entschlossen zum Handy, schließlich ging es um den 16. Geburtstag von TT1! Und dass ich mich von Corona nicht unterkriegen ließ, bewies ich bereits des Öfteren.

»Bestattungsunternehmen Noble Himmelfahrt«, meldete sich

eine Computerstimme. »Wenn Sie an Corona gestorben sind, wählen Sie die 1.

Wenn Sie an einer Herzkreislauferkrankung gestorben sind, wählen Sie die 2.

Bei Tod durch Mord oder häusliche Gewalt wählen Sie die Nummer der Polizei.

Bei Krebs wählen Sie die 4.

Bei sonstigen Todesfällen bleiben Sie in der Leitung.«

Ich drückte auf die 1.

»Noble Himmelfahrt, wie kann ich Ihnen dienen?«

Ich schniefte eine Weile laut, ehe ich mein Anliegen vorbrachte: »Guten Tag, mein Name ist Eduard Freundlinger und meine Oma ist gestorben.« (Dass Omas Tod nun auch schon wieder fünfzehn Jahre zurücklag, vergaß ich erstmal zu erwähnen, liebes Tagebuch.)

»Das tut mir schrecklich leid für Sie. Mein Beileid! Woran ist sie denn gestorben? Etwa an Corona?«

»Ich fürchte ja …«

»Das kostet einen Aufpreis! Zahlen Sie mit Karte oder in Bar?«

»Hören Sie … Können wir das nicht später regeln? Wir sind hier noch alle sehr geschockt. Schließlich ist es der erste Corona-Todesfall in unserer Familie.«

»Ganz wie Sie wünschen, Herr Freundlinger. Wenn Sie unser Rundum-Sorglos-Express-Himmelfahrts-Paket zum Corona-Spezialtarif von 19.990 Euro buchen, würden zwei unserer besten Mitarbeiter den Leichnam Ihrer Oma sofort abholen und dann direkt in den Hochofen stecken. Bereits morgen Abend hätten Sie Ihre Oma in Form einer hübschen Urne mit persönlicher Inschrift wieder.«

»Haben Sie denn keine preiswertere Lösung?«

»Nur das Basispaket: Massengrab für 9.990 Euro. Aufgrund der hohen Nachfrage zu diesem Produkt haben wir jedoch eine Warteliste bis über den Sommer hinaus. Verfügen Sie denn über ausreichende Grundkenntnisse in häuslicher Mumifizierung?«

»Nein, ich nehme dann doch lieber ihr Rundum-Sorglos-Paket. Aber bitte holen Sie meine Großmutter erst morgen um Punkt 10:00 Uhr vormittags ab. Wir möchten uns gebührend von ihr verabschieden«, sagte ich zu dem Mann und gab ihm unsere Adresse.

Somit war der morgige 16. Geburtstag meiner Tochter gerettet, liebes Tagebuch. Nun gibt es zwar noch einiges vorzubereiten, aber ich freue mich jetzt bereits auf einen wunderschönen Tag ...

QUARANTÄNE-CHRONIKEN, EINTRAG 19

Eduard, der Zuckerbäcker,
und Geburtstagsparty im Leichenwagen.

Liebes Tagebuch,

heute klingelte mein Wecker bereits um 5:00 Uhr morgens. So
früh war ich seit der Geburt von TT1 (vor heute genau 16 Jahren) nicht mehr aufgestanden. Verschlafen schleppte ich mich
mit dem Laptop in die Küche und öffnete auf YouTube ein An-
leitungsvideo zum Backen einer leckeren Geburtstagstorte. Allerdings musste ich dabei etwas improvisieren, denn alle dafür
benötigten Zutaten hatten wir natürlich nicht in unserem Not-
lager. Darunter Mehl. Doch wenn man Catalinas Trockenfutter
mit Thunfischgeschmack fein mahlte, sah es genauso aus wie
Vollkornmehl. Und der Katze schmeckte dieses Fressen ohnehin
nicht. Das Mehl vermischte ich mit einem veganen Ei-Extrakt,
reichlich Zucker und dem Inhalt von zwei Bierdosen anstatt der
fehlenden Hefe. Schlagsahne hatte ich keine zur Verfügung, aber
ich fand noch etwas abgelaufenes Elite Pro Complex Ultra Po-
wer Protein mit Vanillegeschmack für den Muskelaufbau. Das
stammte aus längst vergangenen Zeiten, als ich die Damen noch
mit einem athletischen Körper beeindrucken musste und nicht,
so wie heute, mit meiner grenzenlosen Weisheit. Nur die Erdbeeren waren etwas knifflig nachzubauen. Ich formte mit Rot-
kohl aus der Konserve und etwas Honig als Klebemasse kleine
Bällchen und verteilte diese in Herzform auf der Torte. Der
Unterschied zu frischen Erdbeeren war ohne Lesebrille kaum
zu erkennen. Danach verzierte ich TT1's Geburtstagstorte mit
Nüssen, Popcorn und Oliven, streute nochmal ordentlich Zucker und Zimt darüber und steckte sie bei 350 Grad in den Ofen.
Ich ließ sie absichtlich etwas länger im Backrohr, um gewisse
Aromen zu neutralisieren und ihr den Anschein einer Schoko-
ladentorte zu verleihen. Als sie fertig und etwas ausgekühlt war,

entzündete ich 16 Teelichter (Restbestand: 1.384 Stück) und verteilte sie auf der Torte.

(Anmerkung der Redaktion: Falls sich jemand für das genaue Rezept interessiert, bitte unter info@freundlinger.com melden.)

Als auch noch der Kakao und die Luftballons vorbereitet waren, weckte ich das Geburtstagskind mit einem Ständchen:

»Happy Birthday to you. Happyyyy Birthdayyyy tooo yooouuuuu-«

»PAPAAA!«

»Ja?«

»Es ist 6:30 Uhr morgens und-«

»… Und damit höchste Zeit, diesen speziellen Tag in Angriff zu nehmen! Für deinen Geburtstag habe ich mir etwas ganz Besonderes einfallen lassen, aber das erzähle ich dir beim Frühstück.«

Kurz darauf schlurften TT1, TT2 und MvH zum prächtig gedeckten Frühstückstisch. Die Teelichter brannten zum Glück noch.

»Was soll das denn sein? Ein verkohlter Autoreifen?«, fragte TT1 und starrte angeekelt auf meine Torte.

»Quatsch. Deine superleckere Geburtstagstorte!«, sagte ich und zerteilte die Torte mit dem Hackmesser in großzügige Stücke. TT1 und TT2 schnüffelten daran wie Hund Marley am Laternenpfahl. Um die Sache kurz zu machen, liebes Tagebuch: Meine Torte fand nicht den erhofften Anklang. Mit dem nett gemeinten Hinweis, sich die Zahnspangen nicht ruinieren zu wollen, griffen sie zu einer Keksschachtel. Aber zumindest ich ließ mir ein Stück schmecken, auch wenn mich der Genuss einen halben Schneidezahn kostete.

»Und nun räumt bitte euer Zimmer auf, denn heute, ÜBER-

RASCHUNG, machen wir einen tollen Ausflug mit einer Stretch-Limousine! Du darfst sogar deine besten Freundinnen dazu einladen, TT1, also schick denen gleich mal eine WhatsApp. Und nun beeilt euch und zieht euch was Schickes an – wir fahren nach Marbella, dorthin wo die Schönen und Reichen unter Quarantäne stehen.«

»Papa, ich mache mir langsam Sorgen um dich! Niemand darf-«

»Stopp: Ich habe deinen Geburtstag seit langem minutiös geplant, und das lasse ICH mir von Corona nicht kaputt machen! Nur die gebuchte Stretch-Limousine war leider nicht mehr verfügbar. Aber wir bekommen gleich ein ganz ähnliches Modell vor die Haustür gestellt. Dieser Wagen verfügt sogar über eine Sondergenehmigung und wir können damit hinfahren, wo wir möchten.«

Daraufhin sprang mir meine Tochter vor Freude in den Arm.

»DANKE! Du bist der beste Vater, den es gibt!«, sagte sie.

»Ich weiß«, sagte ich, heilfroh, dass Sie keine Vergleichswerte hatte.

Als das Zimmer der Töchter sauber war, schickte ich alle auf die Dachterrasse des Gebäudes, den sozialen Knotenpunkt dieser Tage. Dort traf man sich zum gemeinsamen Wäscheaufhängen, ohne dabei natürlich den Sicherheitsabstand aus den Augen zu verlieren. Hier oben fanden sich sogar Männer, die ich an diesem Ort noch nie zuvor gesehen hatte, und stritten sich mit ihren Frauen um das Vorrecht, die Wäsche aufzuhängen. Denn heute schien seit langem wieder mal die Sonne. Ein perfekter Tag für unseren Ausflug. Ich musste im Zimmer der Töchter nur noch letzte Vorbereitungen treffen. Ich schleppte den Fernseher dorthin und stellte die erste Staffel von ›Breaking Bad‹ auf

Netflix an. Danach füllte ich eine Kühlbox mit Bierdosen und stellte Chips und Nüsse daneben. Auf das Bett legte ich zwei meiner Jogginganzüge. Zuletzt bastelte ich die Leiche meiner Oma. Mit einigen Kissen, einer Puppe und dem grauen Wischmobb als Perücke ging das ziemlich fix. Ich warf ein Laken über Oma und schon im nächsten Moment klingelte es an der Tür.

»Hereinspaziert«, sagte ich zu den beiden Bestattern der Firma Noble Himmelfahrt. »Bei uns gelten strikte Hygienevorschriften! Bitte legen Sie alle Metallgegenstände wie Fahrzeugschlüssel und Handy in diese Ablage. Danach ziehen Sie Ihre Uniform aus, damit ich sie mit Desinfektionsspray säubern kann. Erst danach dürfen Sie zu meiner Oma. Mit ihren 103 Jahren zählt sie natürlich zur absoluten Risikogruppe.«

»Aber ich dachte, sie wäre schon tot?«, wunderte sich einer der Bestatter, während er seine Hose auszog und sein Jackett ablegte (zum Glück in etwa meiner Größe).

»Stimmt, aber nach 103 Jahren an ihrer Seite fällt es mir immer noch verdammt schwer, diesen tragischen Verlust zu realisieren«, seufzte ich weinerlich und sprühte mir Desinfektionsmittel in die Augen, um meine Tränendrüsen zu stimulieren. Ich verfüge zwar über viele Talente, aber schauspielern zählte leider nicht zum Repertoire. Als die beiden alles abgelegt hatten, führte ich sie zum Zimmer und ließ ihnen den Vortritt. Kaum waren sie drin, verriegelte ich die Tür von außen. Wie gut, dass TT1 und TT2 beim Einzug darauf bestanden hatten, ihre Tür mit einem Schloss auszustatten – dem einzigen in der gesamten Wohnung.

»Aber wo ist Ihre Oma?«, fragte einer der Bestatter und rüttelte von innen vergebens an der Tür.

»Nun, ich hatte gestern leider zu erwähnen vergessen, dass meine Oma bereits 2004 an einem Schlaganfall verstorben war.

Gott habe sie selig. Bitte fühlen Sie sich wie zu Hause und machen Sie sich einen schönen Tag. Für Ihr leibliches Wohl ist gesorgt. Die Tür rechts führt zur Toilette und bei der Fernbedienung müssen Sie nur auf Start drücken.«

»WAAAS? Sind Sie völlig verrückt geworden?«

»Genießen Sie Ihren ersten freien Tag seit Langem. Wir versuchen um 19:00 Uhr zurück zu sein. Viel Spaß mit ›Breaking Bad‹!«

Im Flur schlüpfte ich in eine der Uniformen und steckte den Wagenschlüssel in die Hosentasche. Zuletzt stopfte ich 115 Euro in eine der Brieftaschen in der Ablage – den Restbetrag für das Ausleihen der Limousine. Die Hälfte hatte ich bereits vor Monaten anbezahlt, wenn auch bei einer anderen Firma. Aber selbst unter Quarantäne war es mir wichtig, mich auch weiterhin strikt an die geltenden Gesetze zu halten, liebes Tagebuch.

Endlich konnten wir aufbrechen. Ich holte meine Familie von der Dachterrasse ab und führte sie stolz zur Limousine.

»Papa, das ist ein Scherz, oder?«, fragte TT2.

»Nein, wie gesagt, die andere Stretch-Limousine war nicht mehr verfügbar, also blieb mir nichts anderes übrig, als-«

»Aber das ist ein LEICHENWAGEN!«

»Ich weiß. Guckt euch mal die schönen Blumen auf der Motorhaube an. Die habe ich zwar nicht bestellt, aber die sind bestimmt für deinen Geburtstag. Das nenne ich mal einen tollen Service.«

»Papa, du bist VÖLLIG verrückt! Ich fahre SICHER nicht mit!«

»Jetzt stellt euch mal nicht so an!«, sagte ich und öffnete die Heckklappe. Plötzlich kreischten meine Töchter wie bei einem Popkonzert einer berühmten Boy Band.

»DA IST EINE LEICHE DRIN!«

»Blödsinn, das ist doch nur der leere Sarg für Oma.«

»WAAAS? Oma ist gestorben?«

»Ja, nein, also nicht eure Oma, sondern meine.«

»Aber wir dachten, deine Oma wäre längst-«

»Genug geredet!«, schimpfte ich und schubste TT1 und TT2 in den Innenraum.

»Also, wo wohnen deine Freundinnen?«, fragte ich TT1 während ich eine rote Ampel überfuhr und in die N340 einbog. Verkehr gab es keinen und mit einem Leichenwagen war es sicherlich dasselbe wie mit der Feuerwehr, und die durfte ja auch rote Ampeln überfahren.

»Wie bitte? Ich werde meine Freundinnen sicher nicht mit einem Leichenwagen abholen!«, maulte TT1.

»Wieso denn nicht? Posieren für Instagram in Quarantäne schafft jede. Aber mit DIESER Kulisse brecht ihr sämtliche Like-Rekorde auf Instagram!«

»Aber das ist ja total markant!«, meinte TT2. Sie sprach zwar eine Handvoll Sprachen, aber keine wirklich perfekt.

»Ich denke, ›makaber‹ ist das Wort, dass du suchst, mein Schatz.«

Dennoch schien die Möglichkeit eines neuen Like-Rekords auf Instagram (TT1: 734 und TT2: 489) meine Mädels zu überzeugen, denn kurz darauf befanden sich neben dem Sarg sieben Teenager eingepfercht im Fond unseres Leihwagens.

Eine Freundin hatte sogar Cola und Chips dabei und eine andere brachte einen Lautsprecher mit, aus dem nun laute Latinomusik drang, welche die Mädels kräftig mitsangen. Zufrieden drückte ich die Hand meiner Frau auf dem Beifahrersitz. Alles richtig gemacht, dachte ich. Meine Mädels feierten im Kreis ihrer besten Freundinnen die schrägste Geburtstagsparty auf Erden und ich kam endlich mal aus unserer Wohnung raus.

Mein Glück nahm allerdings ein jähes Ende, als beim Kreisverkehr an der Auffahrt zur Autobahn plötzlich einige Hindernisse im Weg standen, darunter drei Polizeifahrzeuge, zwei Panzer, mehrere Scharfschützen und ein Helikopter.

»MUSIK AUS UND ABSOLUTE STILLE DORT HINTEN!«, rief ich und zog den schwarzen Samtvorhang zum Wagenfond zu. Einer der Polizisten trat mit einer Kelle vor und stoppte meinen Leichenwagen. Zum Glück war es nicht Ramón, mein Amigo bei der lokalen Polizei.

»Woher kommen Sie«, fragte der Typ.

»Aus Almuñécar.«

»Und wohin wollen Sie?«

»Nach Marbella.«

»Ach, nach Marbella?«

»Genau. Zum … Krematorium, Herr Inspektor.«

»Und wieso fahren Sie nicht zum Krematorium in Almuñécar?«

»Das war unserem Kunden nicht luxuriös genug. Außerdem ist die Temperatur für die Einäscherung im Krematorium von Marbella viel angenehmer. Bei unserem Bestattungsunternehmen Noble Himmelfahrt ist der Name quasi Programm. Wir erfüllen alle Wünsche unserer Kunden aus der ganzen Welt.«

Der Polizist nickte und trat bereits einen Schritt zurück.

Da klopfte eine der Gören von hinten gegen die Trennscheibe.

»Wann geht's denn endlich weiter?«, fragte eines der Mädchen.

Verdammt! Der Polizist glotzte mich mit großen Augen an und lud schon mal seine Pumpgun durch.

»Öffnen Sie die Heckklappe!«

»Hören Sie, ich kann–«

»SOFORT!«

Es blieb mir also nichts anderes übrig, als dieser Aufforderung nachzukommen. Ungläubig starrte der Polizist auf meine beiden Töchter und ihre fünf Freundinnen.

»Was zum Teufel soll das denn werden? Eine verdammte Halloween-Party?«

»Bitte fluchen Sie nicht angesichts eines armen Corona-Opfers, Herr Inspektor. Sollten Sie sich nach dem Grund der Anwesenheit dieser sieben hübschen jungen Damen fragen, so muss ich erneut auf unseren exzellenten Kundenservice verweisen: Unser Kunde, ein saudischer Prinz, ging jeden Tag brav zur Moschee und dafür gibt's am Lebensende eben sieben Jungfrauen als Bonus.«

»Aber ich bin doch gar keine Jungfrau mehr!«, brüstete sich eine der Gören. (Zum Glück nicht TT1 oder TT2, dennoch hätte ich sie erwürgen können.)

»Tatsächlich? Können diesen Jungfrauen-Service auch Katholiken in Anspruch nehmen?«, wollte der Polizist wissen.

»Aber selbstverständlich. Das kostet allerdings einen Aufpreis.«

»Kein Problem. Meine Bestattung zahlt ja dann ohnehin meine Frau. Haben Sie zufällig eine Karte eingesteckt?«

In dem Augenblick begann das Boy-Group-Kreischkonzert von neuem. Diesmal stimmte ich sogar mit ein.

Selbst der Polizist fiel vor Schreck in Ohnmacht.

Denn jemand öffnete den Sargdeckel …

Und zwar von INNEN, liebes Tagebuch …

Mein Schockzustand erlaubte es nicht, dir von den folgenden

dramatischen Szenen zu berichten, liebes Tagebuch, nur so viel: Ein Zombiefilm war dagegen der reinste Kindergeburtstag!

QUARANTÄNE-CHRONIKEN, EINTRAG 20

José, der Corona-Zombie,
und das Zahnspangendrama.

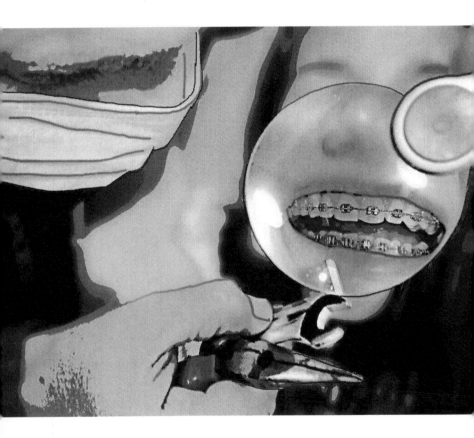

Liebes Tagebuch,

gleich nach dem Frühstück (den Rest von TT1's Geburtstagstorte mit drei Esslöffeln süßem Senf als Geschmacksverstärker)
absolvierte ich auf der Terrasse mein Yogaprogramm für Profis.
Während ich die Übungen ›die Königskobra mit Blähungen‹
und ›die überlastete Hängebrücke auf Zehenspitzen‹ absolvierte,
dachte ich an unseren gestrigen Geburtstagsausflug mit dem
Leichenwagen zurück: Gerade als ich mich vor dem Polizeibe-
amten herauszureden versuchte, hatte jemand den Sargdeckel
geöffnet. Und zwar von innen. TT1, TT2 und ihre Freundinnen
hatten gekreischt wie auf einem Teenie-Konzert und der Polizist
war vor Schreck in Ohnmacht gefallen. Im Sarg hatte sich eine
Kreatur erhoben, die nur der Fantasie von Stephen King ent-
sprungen sein konnte und einer Horrorgestalt in einem seiner
Romane glich: Im Gesicht weiß wie ein Gespenst, blutunter-
laufene Augen und wirre Haare. Geistesgegenwärtig war ich in
den Leichenwagen gesprungen, hatte den Sargdeckel über dem
Schreckgespenst zugeklappt und den Mädels befohlen, sich darauf zu hocken, um den Zombie unter Verschluss zu halten. Ich
hatte die Heckklappe zugeknallt und war auf den Fahrersitz gesprungen. Beim Wendemanöver hatte ich den Panzer gestreift
und fast den immer noch reglosen Polizisten überfahren, aber
zumindest waren wir nicht von Scharfschützen erschossen, dafür aber von mehreren Polizeiwagen verfolgt worden. Ich hatte
jedoch so manche Verfolgungsjagden im Fernsehen verfolgt,
und sogleich in den Actionkino-Modus geschaltet.
    Schon nach der dritten Kurve hatte ich meine Verfolger aus
den Augen verloren. Ich hatte mit dem Leichenwagen um einen
Kreisverkehr gedriftet und war dahinter unbemerkt in einen

Feldweg abgezweigt. Ich war diese Schotterpiste entlanggerast und mehrmals im Zickzack abgebogen, bis wir an einen idyllischen Bachlauf gelangt waren, der sich durch einen Olivenhain schlängelte. Die Polizeisirenen hatten sich entfernt. Ich war stolz auf meine erste erfolgreiche Verfolgungsjagd, aber ein kleines Problem hatten wir dennoch gehabt: den Zombie im Leichenwagen! Ich hatte die Tür zur Ladefläche geöffnet, wo sieben Teenagerdamen nicht gewusst hatten, wovor sie sich mehr hätten ängstigen sollen – vor dem Untoten oder meiner Fahrweise. Nur noch zwei hatten auf dem Sargdeckel gesessen, gegen den der Zombie von innen heftig gepocht hatte. Die anderen hatten zu einem Teenagerknäuel verwickelt neben dem Sarg gelegen. Ich hatte alle aus dem Leichenwagen und einen Olivenbaum hochgescheucht. Erst dann hatte ich mich dem Dämon von Angesicht zu Angesicht gestellt. Zumindest würde ich vor den Augen meiner Töchter als Held sterben, hatte ich mir eingeredet.

»TU ES NICHT, PAPA!«, hatte TT1 ihrem furchtlosen Vater zugerufen, aber ich hatte bereits den Sargdeckel aufgeklappt und mir dabei vor Angst fast in die Hose gepinkelt.

»Wer bist du?«, hatte ich die Kreatur darin gefragt.

»Ich bin José.«

»José? Das ist aber kein besonders furchteinflößender Name für einen Zombie.«

»Ich bin auch kein Zombie. Ich bin vor drei Tagen ganz normal an Corona gestorben.«

»Aber wenn du am dritten Tage von den Toten auferstanden bist, dann bist du entweder Jesus oder ein Corona-Zombie«, hatte ich mit José, dem Scheintoten, diskutiert.

»Dass ich an Corona gestorben bin, glauben auch nur meine Frau, meine Schwiegermutter und das Finanzamt. Ich habe heftige Symptome vorgetäuscht und mich wenige Tage später mithilfe von Halloween-Schminke tot gestellt. Zum Glück weiß meine Frau nicht, wie man einen Puls fühlt, diese herzlose Person. Mein Kumpel Paco, mit dem ich den Plan ausgeheckt habe, arbeitet bei der Firma Noble Himmelfahrt und war mein Fluchthelfer. Wo ist er denn? Er wollte eine Oma einäschern und dann mit mir gemeinsam meine Wiederauferstehung feiern.«

»Das war dann wohl meine Oma«, hatte ich geantwortet.

»Oh, das tut mir leid. Ist sie etwa auch an Corona verstorben?«

»Vor sechzehn Jahren zum ersten Mal an Schlaganfall und gestern erneut an Corona, aber das ist eine lange Geschichte. Es scheint in diesen Wochen jedenfalls jede Menge Zombies zu geben.«

»Und jetzt? Soll ich dich zu deiner Frau zurückfahren?«

»NIEMALS! Eher lasse ich mich ins Krematorium chauffieren!«

Da wir nun schon mal hier gewesen waren, hatten wir (meine Familie, fünf Amigas und José, der Corona-Zombie) am Nachmittag an jenem idyllischen Ort in freier Natur gepicknickt. Hinterher hatte sich José für eine Siesta in den Sarg gebettet und ich daheim die Bestatter aus dem Zimmer meiner Töchter befreit. Das war nicht so einfach gewesen, denn sie waren erst bei der Hälfte der zweiten Staffel von ›Breaking Bad‹ angelangt. Zudem hatten sie noch Bierdosen übriggehabt, aber TT1 und TT2 hatten sie gnadenlos aus ihrem Zimmer verwiesen. Zum Abschied hatten sich die Männer überschwänglich bei mir für ihren ersten freien Tag seit vielen Wochen bedankt und TT1 und TT2 zum ersten Mal unaufgefordert ihr Bett mit frischer Wäsche überzogen.

So war gestern TT1's 16. Geburtstag zu Ende gegangen. Heute

Morgen kehrte der Alltag zurück in unsere Quarantäne-WG, wo alles auf einen ruhigen Tag hinwies. Im Heimunterricht für TT1 und TT2 widmeten wir uns heute dem Hauptfach Geschirrspülerlehre, weil beide beim letzten Examen durchgefallen waren.

»Das, was hier aussieht wie die Rotorblätter eines Helikopters«, erklärte ich meinen Töchtern zum zehnten Mal die Anatomie eines Geschirrspülers, »dreht sich wie verrückt und versprüht Wasser. Es sei denn, etwas hindert diesen Propeller an seiner Arbeit ... So wie etwa der Stiel dieser riesigen Pfanne. Wie man hier schön erkennen kann, ist das Geschirr des oberen Teils sauber, während es im unteren Teil schmutziger ist als unter eurem Bett.«

Die beiden kratzten sich die Köpfe. Meine clevere jüngere Tochter war es, der die Lösung zu dieser kniffligen Aufgabe einfiel. Sie zog die Pfanne heraus und legte sie waagrecht auf die schmutzigen Teller. Dann stupste sie mit dem Finger den Propeller an, der zwei Millimeter über dem Pfannenboden rotierte, und blickte mich an, als hätte sie das Abitur vier Jahre vor der Zeit bestanden.

»Aber doch nicht SO!«

»Aber du sagtest doch ...«

»Überleg mal: Wie wird das Geschirr UNTER der Pfanne sauber? Das Wasser aus diesem Rotor reinigt nämlich nur den Boden der Pfanne, die wie ein Regenschirm auf den schmutzigen Tellern liegt.«

Den beiden leuchtete dieses Prinzip zwar ein, aber selbst nach mehreren internen Umbauarbeiten sabotierte die Pfanne weiterhin die Arbeit des Geschirrspülers. Ich blickte betont auffällig zum Wasserhahn, einem Küchenschwamm und dem grünen Spülkonzentrat.

»Du meinst doch nicht etwa …«

»Das wäre eine Überlegung wert. Wenn die Pfanne nicht dort hineinpasst, könnte man sie doch per Hand reinigen, oder?«

»Aber wozu haben wir dann einen Geschirrspüler?«, meckerten sie und ich sah mich gezwungen, die beiden auch bei diesem Examen in Geschirrspülerlehre gnadenlos durchfallen zu lassen.

Als TT1 später beim Netflixgucken Hunger bekam und herzhaft in ein vier Wochen altes Schwarzbrot biss, nahm das heutige Drama seinen Lauf. Ihre Zahnspange sah danach aus wie eine verknotete Fahrradkette. Wie immer tat ich das Naheliegende, und wählte die Nummer ihrer Zahnärztin. Zumindest eine Computerstimme war trotz Spaniens Shutdown weiterhin unermüdlich im Einsatz:

»Bei Schmerzen im Schneidezahn wählen Sie die 1.

Bei Schmerzen im Backenzahn wählen Sie die 2.

Bei Schmerzen im Weisheitszahn wenden Sie sich an Kollegen.

Bei Karies wählen Sie die 4.

Bei Mundgeruch wählen Sie die 5, oder benutzen Sie Zahnseide.

Bei sonstigen Problemen im Mundbereich wählen Sie die 6.«

Ich wählte die 6.

»Die 6 ist leider an Corona erkrankt. Vielen Dank für Ihren Anruf und auf Wiederhören.«

»Ich fürchte, das müssen wir ohne Hilfe von außen regeln, mein Schatz!«, sagte ich zu TT1 und öffnete meinen Werkzeugkoffer.

»WAAAS? Das kommt überhaupt nicht infrage!«, schrie sie.

»Quatsch. Das haben wir doch gleich. Zum Glück verfügt dein Vater über enorme Erfahrung in diesem Bereich.«

»Bei der Reparatur von Zahnspangen? Das wusste ich gar nicht …«

»Na, was denkst du, wie oft ich früher im Winter in Österreich bei den Autoreifen Schneeketten anlegen musste? Das ist ja quasi dasselbe.«

»PAPAAA, NEIN!!!«, rief sie aus und blickte angsterfüllt auf die Zange in meiner Hand.

»Ich weiß, wie du dich fühlst. Dein Vater hatte als kleines Kind auch immer schreckliche Angst vor dem Zahnarzt. Dafür gibt es sogar einen Fachbegriff: Dentalphobie.«

»Ich fürchte mich nicht vor Zahnärzten, sondern vor DIR! Weil du kannst nämlich nicht mal eine Glühbirne austauschen!«

»Mal langsam bitte: Um unser Überleben unter Quarantäne, und von der Außenwelt abgeschnitten, nachhaltig zu gewährleisten, muss dein Vater sein Talent in vielen Berufen unter Beweis stellen. Und sieh es doch einfach mal positiv: Meistens hörst du von mir nur ›Halt die Klappe!‹. Und jetzt bitte ich dich ganz höflich: ›Mach den Mund auf!‹.«

Zwei Stunden später war das Problem behoben, liebes Tagebuch. Spätabends stieß ich mit MvH mit einem kleinen Glas Desinfektions-Wodka auf die dritte überstandene Quarantänewoche an. Das Schlimmste lag schon hinter uns, dachten wir.

Und lagen damit völlig falsch …

QUARANTÄNE-CHRONIKEN, EINTRAG 21

Der Coronator spricht ein Machtwort,
und das Auswärtige Amt ist kein Reisebüro.

Liebes Tagebuch,

gleich nach dem Frühstück (eine halbe Dose Gulaschsuppe mit fünf Esslöffeln Haferflocken vermischt) schaltete ich den Fernseher an. Ich wollte die Gunst der frühen Stunde nutzen, denn ab Mittag nahmen TT1 und TT2 den Bildschirm durchgehend für Netflix in Beschlag. Ich zappte durch verschiedene Nachrichtenkanäle, bis mich mein heute offenbar wohlgesonnenes Karma zu einer Reportage führte, die ich gebannt verfolgte. Wie in Trance schaltete ich danach den Fernseher ab. Ich hatte genug gesehen.

»Warum bist du da nicht selbst draufgekommen, du Idiot?«, schimpfte ich mich und gab mir selbst eine schallende Ohrfeige.

Ich weckte meine Familie für eine außerordentliche Quarantäne-Sondersitzung auf.

»Habt ihr gut geschlafen?«, fragte ich in die verschlafene Runde.

»Ja, aber viel zu kurz«, meckerten TT1 und TT2.

»Gut. Dann packt eure Koffer! Unser Urlaub ist nun leider vorbei, also fliegen wir nach Hause.«

»Papa ... Bist du etwa schon wieder alkoholisiert?«, fragten TT1 und TT2.

»Nein, ich habe die Dinge noch nie so klar vor mir gesehen, meine Lieblinge. Eben verfolgte ich einen Bericht im Fernsehen. Darin wurden mehrere Familien aus einem ägyptischen Urlaubsparadies am roten Meer ausgeflogen. Und zwar superoffiziell vom Auswärtigen Amt Österreichs. Wir sind zwar nicht in Ägypten, aber das machen die bestimmt auch für uns in Spanien. Immerhin befinden wir uns hier quasi im Ground Zero des Coronavirus.«

»Geht's noch, Papa? Wir sind hier nicht auf Urlaub. Ich bin in Spanien GEBOREN! Alle meine Freundinnen wohnen hier und ich gehe auch hier zur Schule«, meckerte TT1.

»Die Schulen sind geschlossen und deine Freundinnen darfst du nicht besuchen, wenn du mir diesen nicht unbedeutenden Einwand erlaubst. Außerdem gibt es auch in Österreich genügend Schulen und Freundinnen. Und was die Jungs anbelangt, so sind die dort auch viel hübscher. Guck dir nur mal deinen Vater an und denk dir die Falten weg.«

»Ich gehe SICHER nicht nach Österreich! Ich bin Spanierin und-«

»Nein, Señorita, du bist Doppelstaatsbürgerin! Dafür hatte dein Vater vor Jahren schon vorausschauend in der Botschaft in Madrid Dutzende Formulare ausgefüllt. Du hast einen österreichischen Reisepass und damit bist du Österreicherin. Basta. Und nun packt eure Koffer, wir fliegen nach Hause!«

»Aber mein Reisepass ist längst abgelaufen«, sagte TT1.

»Und ich habe keinen österreichischen Reisepass«, meinte TT2.

»Ich auch nicht«, wandte MvH mit Sowjetwurzeln ein.

»Das spielt keine Rolle. Hauptsache ich als Patriarch habe alle Dokumente in Ordnung. Und jetzt packt endlich eure Koffer!«

»Olvidalo! Yo me quedo aquí!«, sagte TT1 auf Spanisch.

»Forget it! I'm staying here!«, sagte TT2 auf Englisch.

»Забудь об этом! Я остаюсь здесь!«, sagte meine Frau auf Russisch und untergrub damit meine Autorität als Familiendiktator.

»NEIN! Wir brechen nach Österreich auf. Das entscheide ich ohne Abstimmung. Ich bin hier der oberste Befehlshaber, sozusagen der Coronator, und hier geht es um Leben oder Tod! Sollte ein Tsunami auf uns zurollen, werde ich auch nicht stundenlang um Erlaubnis betteln, ob ich euer Leben retten darf, ODER?«

»Aber das ist doch etwas völlig anderes. Und was ist mit Marley und Catalina? Unserer Hundevermietung? Unserem Covid-Supermarkt? Und hast du mal darüber nachgedacht-«

»GENUG GEREDET! Die Operation ›Evakuierung aus dem Krisengebiet‹ läuft genau JETZT an. Als Coronator ist es meine Pflicht, für das Wohl meiner Liebsten zu sorgen – und genau das gedenke ich jetzt zu tun. Österreich ist kaum vom Virus betroffen, dort sind wir sicher und können uns in der Natur frei bewegen, ohne gleich von einem Panzer überrollt zu werden!«

Mit diesen eindringlichen Worten beendete ich unsere allerletzte Quarantäne-Sondersitzung, liebes Tagebuch.

Während meine Familie unter Tränen die Koffer packte, musste ich noch letzte Formalitäten erledigen. Ich wählte die Nummer des Auswärtigen Amts in Wien.

»Bundesministerium für internationale Angelegenheiten«, hieß mich eine freundliche Computerstimme gleich herzlich willkommen in der alten Heimat.

»Gestrandete Corona-Touristen wählen die 1.

Wurden Sie im Ausland verhaftet wählen Sie die-«

Ich drückte gleich auf die 1.

»Auswärtiges Amt, mein Name ist Gertrude Schimmler, was kann ich für Sie tun?«

»Einen wunderschönen guten Tag, Frau Schimmler. Mein Name ist Eduard Freundlinger. Ich und meine Familie wurden während unseres Spanienurlaubs vom Coronavirus überrascht. Heute Morgen sah ich in den Nachrichten, dass die österreichische Regierung gestrandete Touristen zurück in die Heimat fliegt. Wir befinden uns derzeit in Almuñécar, das liegt etwa 60

Kilometer östlich von Málaga. Richten Sie dem Piloten des Regierungsjets bitte aus, er soll auf der Hauptstraße N340 zwischen der Repsol-Tankstelle und dem McDonald's landen. Die Straße ist für den Autoverkehr gesperrt und das liegt bei uns gleich um die Ecke. Aber bitte nicht vor 19:00 Uhr, damit uns Zeit bleibt, die Koffer zu packen.«

»Wie sagten Sie, war Ihr Name nochmal? Ewald Freundlicher?«

»Fast. Eduard Freundlinger.«

»Eduard Freundlinger, Eduard Freundlinger … Der Name kommt mir irgendwie bekannt vor«, meinte Frau Schimmler.

»Das liegt durchaus im Bereich des Möglichen. Ich bin nämlich nicht nur österreichischer Staatsbürger par excellence, sondern darüber hinaus eine Person von öffentlichem Interesse. Ein VIP sozusagen. Über mich gibt es sogar einen Wikipedia-Eintrag. Umso wichtiger ist diese Rückholaktion für unser stolzes Vaterland.«

»Sind Sie etwa dieser bekannte Pornodarsteller mit dem-«

»Nein, ich hätte zwar das Zeug dafür, aber-«

»HALT! Lassen Sie mich weiterraten: Sie sind dieser Schwachkopf, der bei ›Wer wird Millionär‹ bei der ersten Frage scheiterte?«

»Auch nicht. Ich bin Romanautor und schreibe fantastische-«

»WUSSTE ich es doch!!! Ich liebe Ihre Bücher! Ich habe alle Ihre Romane verschlungen: ›Die Therapie‹, ›Der Seelenbrecher‹, ›Der Augenjäger‹, ›Der Augensammler‹ und vor allem ihr letztes Werk war der Hammer, wie hieß es gleich noch mal? ›Flugangst 7A‹? Ich konnte es kaum aus der Hand legen!«

»Ich fürchte, Sie verwechseln mich gerade mit Sebastian Fitzek, dem deutschen Thriller-Star. Meine Krimis heißen ›Pata

Negra‹, ›Die schwarze Finca‹ und ›Im Schatten der Alhambra‹. Sie handeln alle in Andalusien und sind besonders spann-«

»WAAAS? Die drei Bände liegen bei mir zu Hause in der Toilette …«

»So geht es vielen Leserinnen meiner Krimis, Frau Schimmler. Man will sie nicht zur Seite legen, selbst am stillen Örtchen nicht.«

»… und zwar als Ersatz für das ausverkaufte Klopapier!«

»Oh, bei den derzeitigen Preisen für Toilettenpapier werte ich das mal als großes Kompliment, Frau Schimmler. Geht das mit dem Regierungsjet um 19:00 Uhr vor dem McDonald's nun in Ordnung?«

»Nicht so voreilig. Wo haben Sie denn Ihre Spanienreise gebucht?«

»Das ist schon so lange her, daran kann ich mich gar nicht mehr erinnern?«

»Wie lange befinden Sie sich denn bereits auf Urlaub in Spanien?«

Da musste ich erstmal nachrechnen, liebes Tagebuch.

»Etwa 27 Jahre …«

»WAAAS? 27 JAHRE?«

Vielleicht hätte ich das nicht erwähnen dürfen?

»Ich habe vorher ziemlich hart gearbeitet und hatte jede Menge Überstunden abzubauen. Ich war ja kein fauler Regierungsbeamter, müssen Sie wissen«, versuchte ich mich deshalb zu rechtfertigen.

»Wo sind Sie steuerpflichtig?«, fragte Frau Schimmler in einem veränderten Ton, der nun klang, als hätte ich ihre minderjährige Tochter geschwängert.

»Je nachdem. Zum österreichischen Finanzamt sage ich in

Spanien, und zum spanischen Finanzamt sage ich in Österreich. Aber da nun die Buchläden geschlossen haben und sich dies leider äußerst ungünstig auf meine Finanzen auswirkt, dürfen Sie mich hinterher gleich mit der Abteilung ›Rettungsschirme für Kulturschaffende‹ verbinden.«

»Typen wie Sie kenne ich leider zur Genüge! Sie sind einer dieser gescheiterten Aussteiger, der, wenn er alt und gebrechlich ist, in die schützenden Arme von Vater Staat zurückkehrt! Aber daraus wird nichts. Das Auswärtige Amt ist kein Gratis-Reisebüro für gescheiterte Auswanderer wie Sie! Wenn Sie schon unbedingt nach Österreich zurückkehren wollen, wenden Sie sich an Ryan Air!«

»Was erlauben Sie sich? Alt und gebrechlich? Ich wiege 105 Kilo pure Muskelmasse und werde im August erst 50 Jahre alt!«

Da ich mit vernünftigen Argumenten scheinbar nicht weiterkam, versuchte ich es eben mit der Mitleidsmasche:

»OBWOHL … Ob ich meinen runden Geburtstag erleben werde, ist derzeit leider alles andere als gewiss!«, fügte ich mit Husten und Heiserkeit hinzu. »Sie müssen wissen, dass Mai-Lin, das Au-pair-Mädchen von TT1 und TT2, aus Wuhan stammt. TT1 und TT2 sind meine halbwüchsigen Töchter und Wuhan liegt in China, dort war das Virus ausgebro-«

»Ich weiß nur allzu gut, dass Wuhan in China liegt! Die ganze Welt weiß das inzwischen. Wollen Sie damit etwa andeuten, auch noch am Coronavirus erkrankt zu sein?«

»Sie haben es erraten, Frau Schimmler. NOCH sind unsere Symptome nicht besorgniserregend, aber packen Sie trotzdem schon mal eine Handvoll Beatmungsgeräte mit in den privaten Regierungsjet.«

»Und nun wollen Sie und Ihre Familie in Österreich unsere

flache Infizierten-Kurve steil machen wie die Mausefalle beim Kitzbühel-Rennen?«

»Also, nein, ich wollte nur-«

»Das können Sie vergessen! Sie sterben schön in Spanien und gehen DORT in die Statistik ein. Bei den Zahlen in Spanien fallen Sie, trotz Ihrer 105 Kilo, kaum ins Gewicht. In Österreich hingegen würden Sie mit Ihrer Familie die Corona-Sterblich-keitsrate im Alleingang um mehrere Prozentpunkte erhöhen! Wegen Ihrer Familie könnte Sebastian Kurz, das ist unser Bun-deskanzler, falls Sie das als ignoranter Nichtwähler im Ausland nicht wissen sollten, das Versammlungsverbot bis Weihnachten verlängern. Zudem blieben alle Läden, Märkte, Casinos und Bordells geschlossen, bis-«

»Also, daran habe ich noch gar nicht gedacht, ich wollte nur-«

»Unterbrechen Sie mich nicht andauernd, Herr Freundlicher. Wenn das alles wegen Ihnen solange geschlossen bliebe, würde Standard & Poor's das Rating für unsere stolze Wirtschafts-macht von AA+ auf Ramschniveau senken!«

Donnerwetter. Langsam wurde ich richtig rot vor stolz. Ich wusste gar nicht, dass ich nach 27 Jahren im Ausland immer noch einen derartigen Einfluss auf mein Heimatland hatte.

»Hören Sie, Frau Schimmler. Wenn Sie uns heute noch raus-holen, signiere ich Ihnen gerne meine drei Bücher in Ihrer To-ilette.«

Doch mein Bestechungsversuch zielte ins Leere. Frau Schimmler hatte längst aufgelegt.

Mist. Leider blieb mir nichts anderes übrig, als eine weitere dringliche Quarantäne-Sondersitzung anzuberaumen.

»Ich habe es mir anders überlegt«, sagte ich zu meiner Familie.

»Wir bleiben also in Spanien?«, fragte TT1 so freudestrahlend, dass ich sie im Verdacht hatte, hinter meinem Rücken einen Freund zu haben.

»Nein, aber seit der Lektüre des Thrillers ›Flugangst 7A‹ von Sebastian Fitzek leide ich unter Flugangst. Deshalb lehnte ich das großzügige Angebot der österreichischen Bundesregierung ab, die uns sofort einen ultraschnellen Düsenjet schicken wollte.«

»Aber wie kommen wir DANN nach Österreich?«, fragten meine drei Damen wie aus einem Mund.

»Na, mit unserem Auto. Mit meinem österreichischen Pass darf uns niemand an der Heimfahrt nach Österreich hindern!«

»WAAAS? Mit der alten Schrottkiste kämen wir nicht mal bis in den Nachbarort!«

»Behauptet wer?«

»Als Mama mich zuletzt zum Training gefahren hat (TT2 ist andalusische Landesmeisterin in rhythmischer Gymnastik, liebes Tagebuch), ist uns der halbe Motor um die Ohren geflogen.«

»Aber da ist auch deine Mutter gefahren. Mir passiert so etwas nicht!«

»Papa … Du bist so ein MACHO!«, schimpfte TT1, die Klassenbeste im Unterrichtsfach Feminismus.

»Schluss jetzt! Morgen, gleich nach dem Frühstück, geht die Reise los, meine Damen!«

Ich kann meine Familie durchaus verstehen. Auch mich übermannt ein gewisser Wehmut, nach so langer Zeit in Spanien die Zelte abzubrechen – selbst wenn der Lohn dafür die Freiheit ist. Morgen melde ich mich wohl zum letzten Mal bei dir, liebes Tagebuch. Aber erstmal muss auch ich meinen Koffer packen …

QUARANTÄNE-CHRONIKEN, EINTRAG 22

Tränen beim Aufbruch,
und die Arche Noah mit Reifenschaden.

Liebes Tagebuch,

gleich nach dem Frühstück (Tiefkühlpaella mit drei Esslöffeln Ketchup, um Spanien auch kulinarisch Lebewohl zu sagen) wurde es Zeit für unseren Aufbruch. Vielleicht würden wir eines Tages nach Andalusien zurückkehren, dachte ich, während ich unser Auto mit dem Wichtigsten vollstopfte. Auch wenn die Welt dann eine andere wäre und sich viele Prioritäten verschoben haben werden. Der Sicherheitsabstand, der uns solange eingeimpft wurde, wird uns auch in der Post-Covid-Zeit noch lange auf Abstand halten. Die Atemschutzmaske wird künftig ein Mode-Accessoire, ähnlich einer Sonnenbrille. Designer bei Gucci und Prada arbeiten sicher längst daran. Zum Glück muss Karl Lagerfeld das nicht mehr miterleben. Bussi links, Bussi rechts wird es in überfüllten spanischen Kneipen auf absehbare Zeit ebenso wenig geben wie ausverkaufte Fußballstadien. Überhaupt prophezeie ich dem Fußball und seinen Millionenstars den Abstieg in die Kreisliga der Gesellschaft. Sollten die Ronaldos und Messis dieser Ligen irgendwann wieder dem Ball nachlaufen dürfen, wird es kaum noch jemanden interessieren. Mich jedenfalls nicht. Und so wie ein Meteoriteneinschlag das Schicksal der Dinosaurier besiegelte, wird Covid-19 dem Kapitalismus den Stecker ziehen. Mit Millionen bankrotten Bürgern und Unternehmen, die sich beim Staat Geld pumpen müssen – und hoch verschuldeten Staaten, die sich bei anderen hoch verschuldeten Staaten Geld leihen müssen, wird man sich rasch ein neues System einfallen lassen müssen, um den globalen Kollaps abzuwenden. Doch WEM sollte ein solches System einfallen, wo doch so viele Staaten entweder von Despoten oder Schwachköpfen regiert werden? Und die wirklich klugen Köpfe sind nicht mächtig genug, um sich durchzusetzen. Mir taten TT1 und TT2 leid. Sie haben noch ihr gesamtes Leben vor sich – plötzlich ein beunruhigender Gedanke …

»Warum weinst du, Papa?«, fragten TT1 und TT2. Inzwischen hatten sogar sie erkannt, dass sie ihre Jugend nicht länger unschuldig in Gefangenschaft verbringen wollten.

»Ach, ich bin nur etwas traurig, weil wir hier nach so langer Zeit alles aufgeben müssen.« Meine Töchter nahmen mich in den Arm und gemeinsam heulten wir eine Weile vor dem vollgepackten Auto. Ein seltener inniger Moment, liebes Tagebuch. Doch nun gab es kein Zurück mehr.

»Habt ihr auch wirklich ALLES eingepackt? Handy? Ladekabel? Reisepass? Zahnbürste?«

TT1, TT2 und MvH nickten. Kopfschütteln wäre auch nicht möglich gewesen. Dazu reichte der Platz im Auto nicht aus. Ich startete den Wagen und fuhr aus der Garage. Wie nicht anders zu erwarten, gerieten wir direkt in eine Straßensperre.

»Hallo Ramón, schön dich zu sehen!«, sagte ich zu meinem Kumpel, dem Chef der lokalen Polizeibehörde. Er zählt ja zu den begeisterten Lesern der spanischen Übersetzungen meiner Krimis.

»DU schon wieder? Wo willst du denn hin – du elender Schmierfink, der in seinen miesen Krimis unsere Polizeibehörde als eine Truppe Blödmänner hinstellt, die nicht mal einen Mörder fassen könnte, wenn dieser am Tatort seinen Personalausweis vergäße!«

»Aber Ramón, jetzt sei doch froh, endlich bist du mich los. Es ist Ostern und wir fahren in den Urlaub nach-«

Der Rest des Satzes blieb mir im Hals stecken – weil der metallene Lauf von Ramóns Sturmgewehr in meinem Mund als

Blockade diente. Hoffentlich hatte er es auch ordentlich desinfiziert, dachte ich in diesem Moment.

»Du fährst SOFORT nach Hause, ehe mein Zeigefinger das tut, wovon ich schon längst träume.«

Ich hielt Ramón meinen österreichischen Reisepass vor die Nase. Er wich zurück wie ein Vampir vor der Bibel.

»Gerade das habe ich doch vor, Amigo. Nach HAUSE zu fahren. Nur dass mein Zuhause in Salzburg in Österreich liegt.«

Misstrauisch studierte er jede Seite meines Reisepasses, sogar die Stempel darin. Zuletzt hielt er ihn gegen das Sonnenlicht, als könnte er dadurch eine Fälschung feststellen.

»Was soll das überhaupt werden? Eine Arche Noah auf Rädern?«, fragte Ramón und glotzte in den Wagenfond wo TT2 auf TT1's Schoß saß und auf TT2's Schenkel Marley stand und auf HMA's Rücken NKC's Katzenkäfig thronte wie bei den Bremer Stadtmusikanten.

»Du kannst uns nicht aufhalten! Ich weiß, du bist ein vehementer Befürworter des Kriegsrechts, aber als EU-Bürger genieße ich immer noch gewisse Rechte, darunter das Recht, jederzeit in mein Heimatland zurückkehren zu dürfen. Frag doch einfach mal nach«, riet ich ihm und wies auf sein Funkgerät. Ramón funkte der Reihe nach den Polizeipräsidenten, den Virenminister, den Außenminister, den Corona-Vizepräsidenten und zuletzt sogar den König an. Alle standen anscheinend auf meiner Seite. Doch so rasch gab Ramón nicht auf. Er setzte seine Lesebrille auf und kontrollierte die TÜV-Plakette (gültig bis 06/2021) den Reifendruck (Par 5) und auch sonst einiges, aber mein 17 Jahre alter Toyota Kombi befand sich in Top-Zustand. Grummelnd überreichte er mir meinen Reisepass.

»Ihr könnt weiterfahren. Aber lass dich hier NIE wieder blicken! Und solltest du weitere Krimis schreiben, übersetze diese bloß nicht wieder ins Spanische!«

»Danke Ramón. Ich würde dich zum Abschied ja schrecklich gerne drücken, aber ich fürchte-«

»¡LÁRGATE CABRÓN!«

(Das heißt im weitesten Sinne übersetzt in etwa ›ich wünsche euch eine angenehme Weiterfahrt‹, liebes Tagebuch.)

Damit war die letzte Hürde überwunden. Denn wenn es Ramón nicht schaffte uns aufzuhalten, so gelänge das niemanden. Allerdings hatte ich da noch nicht die Bekanntschaft von Rafael Remolque gemacht …

Nach 40 weiteren Straßensperren und 400 Kilometern Fahrt auf der Autobahn (auf der außer uns nur Leichenwagen, Rettungswagen, Panzer und Polizeiautos fuhren), schlingerte kurz vor Alicante der Wagen. Mist! Reifenschaden! Ich tippte auf Heckenschützen.

Ich räumte unseren Wagen leer, sodass der Pannenstreifen aussah wie ein Flohmarkt, und suchte dann nach einem Wagenheber, einem Reserverad und dem Schraubenschlüssel. Alles was ich fand, waren leere RED-BULL-DOSEN. (Das musste ich an dieser Stelle eigens hervorheben, weil Red Bull seit dem Stillstand der Formel 1 meine Quarantäne-Chroniken sponsert, um marketingtechnisch nicht völlig von der Bildfläche zu verschwinden.)

Doch zum Glück war ich versichert. Ich wühlte im Handschuhfach nach den Papieren und wählte die entsprechende Nummer.

»Crash & Carry Insurance, guten Tag. Bei Schadensfällen in Folge von Corona wählen Sie die 1.

Bei Frontalschäden wählen Sie die 2.

Bei Reifenpannen wählen Sie die 3.

Bei-«

Ich drückte auf die 3.

»Haben Sie einen Augenblick Geduld, wir verbinden Sie mit dem nächsten virenfreien Mitarbeiter. Aufgrund zahlreicher Anrufe von Corona-Versicherungsbetrügern, beträgt die voraussichtliche Wartezeit 47 Tage, 13 Stunden und 20 Minuten.«

Solange könnte ich die nervige Tonbandmusik nicht ertragen, also musste ich die Sache wie schon so oft selbst in die Hand nehmen.

Kurz darauf hatte ich Rafael Remolque am Telefon. Laut Google hatte er in der Nähe einen Abschleppdienst und eine Werkstatt. Ich erklärte ihm unser Problem und zehn Minuten später parkte der Typ hinter unserer havarierten Arche Noah.

»Ich dürfte eigentlich nicht arbeiten«, erklärte unser Retter in der Not. »Aber weil die Hälfte meines Honorars an das Amt für Corona-Ausbeutung geht, erhielt ich eine Sondergenehmigung«, meinte Señor Remolque und machte sich an die Arbeit. Allerdings trödelte er fürchterlich und schien von etwas abgelenkt zu sein.

»Herr Remolque. Meine Tochter ist erst 16! Ich würde es daher sehr begrüßen, wenn Sie sich auf den Reifenwechsel konzentrieren könnten, anstatt ihr ständig auf den Hintern zu glotzen.«

»Wenn SIE seit drei Wochen nur den Hintern meiner Frau und den meiner Schwiegermutter gesehen hätten, die zusammen breiter sind als ein-«

»Stopp! Ersparen Sie mir die Details und sehen Sie zu, dass Sie endlich fertig werden. Wir müssen weiter nach Österreich.«

Ich schob meine Töchter und MvH aus dem Blickwinkel des

Mechanikers und siehe da, schon eine Stunde später war er fertig.

»Wenn Sie mit diesem Wagen nach Österreich fahren wollen, würde ich an Ihrer Stelle einen Service machen. Ich könnte den Ölstand, die Kühlflüssigkeit, die Bremsanlage und die-«

»Das wäre fantastisch. Wie lange würde das denn dauern?«

»Fünf Tage.«

»WAAAS? Wieso das denn?«

»Nun, meine Frau und meine Schwiegermutter hatte ich ja bereits erwähnt und glauben Sie mir: Wenn Sie die beiden kennen würden, würden Sie JEDE EINZELNE Sekunde in Freiheit auskosten! Ich würde sogar einen leckgeschlagenen Atomreaktor reparieren, nur um den beiden länger zu entkommen. Sie sind mein erster Kunde seit drei Wochen und deshalb-«

»Und das wollen Sie jetzt schamlos ausnutzen? Daraus wird nichts! Dann fahren wir eben ohne Service weiter. Sollten Sie jedoch in zwei Stunden fertig sein, erhalten Sie ein hübsches Trinkgeld.«

Rafael Remolque grummelte, aber schon zwei Stunden später war unser alter Toyota generalsaniert.

»Das macht 1.500 Euro!«, sagte er und schlug die Motorhaube zu.

»WAAAS? Sind Sie völlig verrückt geworden?«

»Wieso? Das waren ja immerhin fünf Tage Arbeit.«

»Wie bitte? Sie waren doch in zwei Stunden fertig!«

»Aber nur weil Sie so drängelten. Ansonsten hätte es fünf Tage gedauert.«

»Aber ich habe nicht so viel Geld dabei.«

»Dann muss ich Ihren Wagen eben beschlagnahmen.«

»Señor Remolque ... können wir uns nicht anders einigen? Haben Sie denn noch Toilettenpapier zu Hause?«

»Nur noch eine Rolle. Schwiegermutter hatte Durchfall und-«

»BITTE keine Details! Ich führe reichlich Rollen mit, falls ich Grenzbeamte bestechen müsste. Wollen wir uns auf zehn Rollen einigen?«

»Aber was ist mit dem versprochenen Trinkgeld?«

»Also gut, elf Rollen!«, sagte ich und wir hatten einen Deal. Damit war auch das letzte Hindernis überwunden und unserer Flucht aus der Quarantäne stand nun wirklich nichts mehr im Wege, liebes Tagebuch.

QUARANTÄNE-CHRONIKEN, EINTRAG 23

Epilog

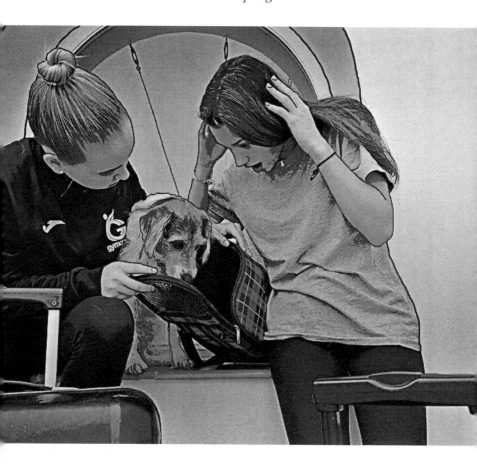

Liebes Tagebuch,

gleich nach dem Frühstück in Paris in einem Bistro mit Blick auf den Eifelturm und der verkohlten Notre-Dame-Kathedrale (es gab für uns alle: 18 Croissants, Schinken, Käse, Baguette, Butter, Marmelade, Weißbrot, Spiegeleier, Trüffel, Vollkornbrot, Honig, Schwarzbrot, Müsli, Rühreier, Froschschenkel, Joghurt, Omelett, Austern und tropische Früchte) brachte uns der nette Monsieur l'addition. »WAAAAAASSSSSS!!!«, brüllte ich daraufhin.

»SAG MAL, SPINNST DU???«

(Diese berechtigte Frage kam von MvH, die vor Schreck das Lenkrad verriss und gerade ihr Bestes gab, den ins Schleudern geratenen Wagen auf der Autobahn zu halten.)

Ich blickte auf die Uhr. 05:00 Uhr morgens. Da können einem schon mal die Augen zufallen.

»Hattest du einen schlimmen Albtraum?«, fragte MvH.

»Bis der Kellner mit der Rechnung kam, war es ein schöner Traum. Wie weit ist es denn noch bis zur Grenze?«, fragte ich meine tapfere Frau. Wir wechselten uns beim Fahren ab und wären ohne die vielen Straßensperren längst in meiner alten Heimat oder in Sibirien. Unsere Töchter schliefen die meiste Zeit oder glotzten in ihre Handys. Seit unserem Aufbruch hörten wir von ihnen nur drei Sätze, diese dafür ziemlich oft:

»Ich muss zur Toilette!«

»Ich habe Hunger (oder Durst)!«

»Wann sind wir endlich da?«

Die letzte Frage war gar nicht so einfach zu beantworten. Jetzt galt es erst mal, die französische Grenze zu passieren und direkt dahinter das Frühstück zu genießen, von dem ich eben so bildhaft geträumt hatte, dass ich davon allein mindestens zwei Kilo zugenommen hatte. Schon eine halbe Stunde später gelangten wir an die Grenze. Vor uns stauten sich Leichenwagen und es dauerte eine weitere Stunde, ehe ein Grenzbeamter uns anhielt und unseren Wagen begutachtete, als würden wir damit ein Selbstmordattentat planen.

Vorsichtshalber weckte ich TT1 und TT2. Wofür hatten die beiden Französisch in der Schule? Allerdings waren schon so lange Coronaferien, dass ich befürchtete sie hätten den für Fremdsprachen zuständigen Teil ihrer noch nicht ganz ausgereiften Gehirne mit dem Inhalt unzähliger Netflix-Staffeln zugemüllt. Aber dem schien nicht so.

»Bonjour!«, sagte TT1 wie aus der Pistole geschossen.

Daraufhin erwiderte der Typ etwas, das für mich klang, als wollte er wissen, wohin wir fahren.

»L'Autriche!«, antwortete TT1 brav.

»Frag den Monsieur mal, wo es hier zum nächsten Bistro geht!«, bat ich TT1, weil mir das Gespräch viel zu lange dauerte. Nach fast vier Wochen Dosenfraß zum Frühstück wollte ich endlich ein Croissant essen und nicht Smalltalk mit diesem Luis-de-Funès-Double führen.

»Er sagt, wir sollen aussteigen«, übersetzte TT1.

»Non, merci!«, erwiderte ich, denn so gut war mein Französisch allemal. Der Mann, offenbar Schiedsrichter im Nebenjob, pfiff in eine Trillerpfeife und schon eilten weitere Grenzbeamte herbei.

»Papa, am besten wir tun, was der Mann sagt!«

»NIEMALS! Das ist Amtsmissbrauch! Wir haben Pässe und dürfen die Grenze, die es im Übrigen gar nicht geben sollte, ungehindert passieren!«

(Ich konnte mir doch nicht im Handumdrehen meine gegenüber TT1 und TT2 über Jahre hinweg mühsam aufgebaute Autorität zerstören lassen, liebes Tagebuch.) Meine Töchter sind es gewöhnt, dass ICH die höchste Befehlsgewalt innehabe und kein dahergelaufener Froschschenkelfresser. Also zeigte ich dem Typ meinen Reisepass, legte den Gang ein, sagte akzentfrei: »Au revoir, Monsieur!« und rollte los. Allerdings stand rechts etwas im Weg, das ich im Augenwinkel nicht sofort erkannte. Das Hindernis trug jedenfalls eine schicke Uniform. Schwer verletzt hatte ich den Typ scheinbar nicht, dennoch hinkte er, als er mit dem Sturmgewehr im Anschlag näherkam und etwas brüllte. Diesen Wortlaut konnten selbst meine Töchter nicht übersetzen, schließlich lernt man in der Schule keine Schimpfwörter und das finde ich auch gut so. Das Tolle an der Situation war, dass ich mich nicht länger fragen musste, ob ich dem Wunsch des Beamten nachkommen und aussteigen sollte. Ich wurde nämlich aus dem Wagen gezerrt, und so blieb meine Autorität bis auf Weiteres gewahrt.

Jemand untersuchte mich so penibel, dass es bereits an sexuelle Belästigung grenzte, während ich mit dem Bauch auf der Autobahn lag. Im Rücken spürte ich drei Stiefel und fünf Gewehrläufe. Der Asphalt roch herrlich nach Freiheit. Meine Nase wurde demnach schon auf der französischen Seite der Grenze plattgedrückt. Da man keinen Sprenggürtel an meinem Körper fand, beruhigten sich die Gemüter etwas. In gemäßigterem Ton wandte sich der Typ an TT1, der die Situation natürlich gleich wieder megapeinlich war.

»Wir müssen unser Gepäck aus dem Wagen räumen«, übersetzte TT1.

»WAAAS? Richte diesen hirnverbrannten Vollidioten bitte

von mir aus, dass wir keine Drogenschmuggler, keine Bankräuber und auch keine Attentäter sind, obwohl ich SEHR KNAPP davor bin, mich in Letzteren zu verwandeln!«

»Übersetzen wird nicht nötig sein. Ich spreche sehr gut Deutsch«, sagte plötzlich ein Mann hinter mir. Er hatte mehr Sterne als die Milchstraße auf der Uniform. Bestimmt der Boss der Söldnertruppe. Na, der Typ konnte was erleben!

»Hören Sie mir mal gut zu, Herr Grenzgeneral! Habe ich mich etwa verfahren? Ist das hier die Grenze zu NORDKOREA?«

Von den darauffolgenden fünf Stunden möchte ich dir nicht im Detail berichten, liebes Tagebuch, nur so viel: Man sperrte mich direkt am Grenzposten in Untersuchungshaft. Das machte mir kaum was aus, schließlich hatte ich darin wochenlange Erfahrung. In der Zwischenzeit stellten die Grenzbeamten unseren Wagen auf den Kopf. Wobei das noch reichlich untertrieben war. Wie ich von TT2 hinterher erfahren musste, machten sie beim Auspuff sogar eine Darmspiegelung. Aber da wir nun mal nichts zu verbergen hatten, ließ man uns weiterfahren. Leider war das gar nicht so einfach. Die Hälfte unseres Gepäcks lag in Spanien verstreut und die andere in Frankreich. Würde man vom Eifelturm herabblicken, könnte man den Eindruck bekommen, hier wäre ein Passagierflugzeug abgestürzt. Also blieb uns nichts anderes übrig, als unser Hab und Gut ins Auto zu stopfen und darauf zu hoffen, dass sich am Ende die Heckklappe schließen ließe.

Im Nachhinein wusste ich nicht mehr, welche meiner Töchter mir das Ding zeigte, das unser aller Schicksal endgültig besiegeln sollte, liebes Tagebuch. Es handelte sich um einen rotschwarz karierten Tragekoffer in Zylinderform. Oben war ein

Trageriemen angebracht und vorne und hinten gab es Öffnungen mit Gitternetz. Eine dieser Öffnungen stand halb offen.

»Was ist damit?«, fragte ich Miss Hiobsbotschaft.

»Das ist Catalinas Transportkäfig.«

»Sehr praktisch, dann stell ihn wieder dorthin wo er vorher war.«

»Es gibt da allerdings ein Problem …«

»Lass mich raten: Dort steht bereits was anderes? Nun, dann sei doch bitte so hochbegabt und finde einen anderen Platz für das Dings! Ich möchte jetzt ENDLICH frühstücken, auch wenn es bereits 17:00 Uhr ist!«

Doch sie hielt mir den Katzenkäfig so hin, dass ich hineinsehen konnte.

»Was soll das? Wo ist Catalina?«, fragte ich in die Runde.

TT1 zuckte mit den Schultern.

TT2 zuckte mit den Achseln.

MvH zuckte mit keiner Wimper.

Der Coronator zuckte völlig aus!

»Soll das etwa bedeuten, die verdammte Katze ist VERSCHWUNDEN?«

»Da drin ist sie jedenfalls nicht!«, bemerkte TT2.

Ich atmete 20 Mal tief durch und zählte dann bis 100. So wie man es mir im Seminar ›Beherrsche deine Aggressionen‹ beigebracht hatte.

»DAS SEHE ICH SELBST! ABER WO IST SIE DANN???«

»Woher soll ich das wissen?«, entgegnete TT1.

»Keine Ahnung!«, gab TT2 zurück.

»Das weiß ich auch nicht«, sagte MvH.

Trotz aller Anspannung galt es nun für mich als Familienoberhaupt Ruhe zu bewahren.

»Kann es sein, dass einer dieser Grenzdeppen Catalina gekidnappt hat, während ich eingesperrt war?«

»Schwachsinn, wieso hätten sie das denn tun sollen?«

»Da fragst du noch? Nacktkatzen sind teuer. Oder sie essen sie!«

»PAPAAA!«

»Franzosen fressen sogar Froschschenkel! Für die wäre Catalina eine Delikatesse. Aber nicht mit mir. Was heißt denn: ›Habt ihr Möchtegern-Kannibalen unsere Katze geklaut?‹ auf Französisch?«

»Papa, WIR mussten das Auto ausräumen. Die Beamten hier konnten Catalina gar nicht entführt haben, das wäre uns ja aufgefallen.«

»Dann muss sie hier ja irgendwo rumlaufen. Müssen wir sie eben suchen. Lasst uns ausschwärmen: Du suchst im Norden, du im Osten, du im Westen, und ich suche sie im Süden!«

Ich kletterte also im Süden über die Leitplanke und brüllte im angrenzenden Pinienwald tausendmal »CATALINAAAAAA«.

Eine Stunde später kehrte ich völlig heiser zurück zum Auto.

»Habt ihr sie gefunden?«

»Ja«, sagte TT1.

Mann, war ich froh. Stell dir nur mal vor, wir hätten die Katze zu Hause vergessen, liebes Tagebuch. Ich umarmte TT1 und gab ihr einen dicken Kuss auf die Wange.

»Wo war Catalina denn? In deinem Suchgebiet im Norden?«

»Nein … Ähm … eher weit im Süden«, erwiderte TT1.

»Im Süden? Aber dort habe ich doch nach ihr gesehen? Aber egal. Wo habt ihr sie denn versteckt, die kleine Ausbrecherin?«

TT1 schien ihre Muttersprache verloren zu haben. Stattdessen hielt sie mir ihr Handy vor die Nase. Darauf war ein Foto unseres Ehebetts mit einer riesigen Ratte auf dem Laken zu sehen. Ich setzte meine Lesebrille auf und bald schon verwandelte sich die riesige Ratte in unsere graue Nacktkatze Catalina.

»Warum zeigst du mir ein Foto von Catalina auf unserem Bett?«

»Papa …«

»Was ist?«

»Das ist kein Foto!«

»SONDERN?«

»Die Live-Übertragung einer Webcam«, antwortete TT1.

»Die Live … Übertragung einer … WEBCAM???«

»Genau.«

»Völlig unmöglich! In unserem Schlafzimmer gibt es keine Webcam! Damit könnten wir zwar ein Vermögen verdienen, aber deine Mutter ist leider viel zu scheu dafür.«

TT1 guckte betreten zu Boden.

»Oder gibt es doch so etwas …?«, hakte ich nach.

TT1 malte mit dem Fuß einen Kreis auf die Autobahn.

»WAAAS? Soll das etwa bedeuten, du hast eine Webcam in unserem Schlafzimmer installiert? Eine Kamera, die unser Bett und alle darin vorkommenden AKTIVITÄTEN FILMT?«

TT1 wollte im Boden versinken. (Und ich wollte ihr liebend gerne dabei helfen, wenn ich eine Schaufel zur Verfügung gehabt hätte!)

»Wolltest du uns etwa beim Sex beobachten? Oder wolltest du mit einem schmutzigen Filmchen mehr Taschengeld erpressen?«

»Euch dabei zuzusehen? Wie eklig!«, sagte sie und würgte.

»Nein, mit der Webcam wollte ich letzten Sommer nur checken, ob ihr schon eingeschlafen seid, damit ich mit meinen Freundinnen länger als zur vereinbarten Zeit ausgehen konnte. Danach habe ich vergessen sie abzubauen.«

»Darüber sprechen wir noch, Señorita! Aber nun fahren wir erstmal weiter. Ich habe Hunger und will ENDLICH frühstücken, auch wenn es längst Zeit für das Abendessen ist!«

»Papa … Ich fürchte, du hast das eben nicht richtig verstanden. Diese Webcam sendet live. Alles, was darin geschieht, passiert gerade JETZT«, erklärte TT1 und hielt mir das Display vor die Nase.

Ich sah wie Catalina sich streckte, sich auf dem Bett die Pfoten vertrat, und dann zielsicher auf mein Kopfkissen kackte.

»Wieso ist die verdammte Katze in der Wohnung? UND DAS AUCH NOCH LIVE IM FERNSEHEN?«, brüllte ich so laut, dass die Grenzbeamten ein Sondereinsatzkommando als Verstärkung riefen.

»Ich dachte, DUUU hättest sie eingepackt?«, sagte TT2 zu mir und setzte damit ihr jugendliches Leben leichtfertig aufs Spiel.

Die folgenden (unschönen) Szenen erspare ich dir besser, liebes Tagebuch, nur so viel: es nahm kein gutes …

ENDE.

Aber halb so schlimm, dachte ich als erschütterlicher Optimist. Denn aus gegebenem Anlass scheint das noch nicht das Ende meiner Quarantäne-Chroniken gewesen zu sein, liebes Tagebuch …

DANKSAGUNG

MEINE FAMILIE

Bei einer Danksagung am Ende eines Romans schreibt man als Autor üblicherweise, dass dieses Buch ohne den Rückhalt der Familie niemals möglich gewesen wäre. Nun, meine Familie gab mir während dieser schweren Wochen der spanischen Ausgangssperre nicht nur den dringend nötigen Rückhalt, sondern lieferte auch gleich die Inspiration für dieses Buch. Am Ende der Lektüre von ›Der CORONATOR‹ möchte man als Leserin oder Leser meinen, der Autor habe diese Geschichten mithilfe von viel Fantasie (und noch mehr Wein) erfunden. Das stimmt nur zum Teil. Viele Episoden basierten tatsächlich auf wahren Begebenheiten, wurden aber von mir in höchstem Maße zugespitzt (was TT1 und TT2 natürlich megapeinlich fanden). Ich danke euch allen, dass wir dieses Projekt gemeinsam erschaffen haben. Meine Frau kreierte die tollen Grafiken, meine Töchter und die Haustiere sorgten für die nötigen Ideen und ich lieferte die Texte. Herzlichen Dank für die schöne Zusammenarbeit, Teenager Tochter 1, Teenager Tochter 2, Miss von Hinten, Marley und Catalina.

CROWDFUNDING

Die ›Quarantäne-Chroniken‹ entstanden in schwierigen Zeiten, um mal ganz ehrlich zu sein. Die Buchläden waren geschlossen und manche Verlage konnten ihre Autoren nicht bezahlen. Davon war leider auch ich betroffen. Zudem hätte kein Verlag dieses Buch veröffentlicht und es selbst zu verwirklichen, wäre nicht möglich gewesen. Zum Glück gab es folgende Personen, die den CORONATOR zum Leben erweckt haben:

MEINE BEST FRIENDS

Franz Fuchsberger, Markus Deussl, Fritz Walch, Kurt Roß-
mann, Albert Oberascher, Martin Wallner und Hans Greisber-
ger. Diese geilen Typen sind jedoch keine Sponsoren, sondern
seit Schulzeiten meine allerbesten Freunde. Obwohl ich sie gar
nicht darum gebeten habe, unterstützten Sie mich und dieses
Projekt in großem Ausmaß und öffneten damit alle Schleusen
meiner Tränendrüsen. Das werde ich euch nie vergessen, Jungs!
Neben meiner Familie seid ihr die wichtigsten Personen in meinem Leben. Muchas Gracias, Amigos!

MEINE ELTERN

Auch ihr habt mit eurem ›Kleinkünstler-Rettungsschirm‹ einen
wichtigen Beitrag für dieses Buch geleistet. Nach Lektüre dieser
Satire werdet ihr euch um euren Sohn sorgen, aber keine Bange:
Die Geschichten darin sind rein fiktiver Natur, auch wenn die
Protagonisten darin real sind. NOCH habe ich nicht den Verstand verloren, auch wenn man das bei manchen Episoden glauben könnte. Vielen herzlichen Dank für eure tolle Unterstützung, Anneliese und Eduard Senior.

FACEBOOK

Dieses Buch war gar nicht geplant. Ich wollte einfach wieder
mal etwas auf Facebook posten, um nicht in Vergessenheit zu
geraten. Nach zwei Episoden der Quarantäne-Chroniken war
es ...

YVONNE BERLANGA-NAVARRO

… die sagte: »Hey, daraus musst du unbedingt ein Buch machen!« Ich protestierte erst heftig, weil ich eigentlich Krimis oder ernsthafte Bücher schreibe, aber dieses Buch kann man drehen und wenden wie man will – es bleibt total verrückt! Angesichts der dramatischen Lage stand ich jeden Tag kurz davor aufzuhören, weil mir die Veröffentlichung meiner Tagebucheinträge in diesen Zeiten unangemessen vorkam. Doch sie ließ nicht locker, und so habe ich dieses Buch auch DIR zu verdanken, liebe Yvonne.

Muchas Gracias, Amiga mía!

Yvonne war es übrigens auch, die die Idee mit dem Crowdfunding hatte und gleich selbst mit 100 Euro den Grundstein dafür legte. Darüber hinaus sponserten folgende Personen dieses Buchprojekt:

ANDREA BRÜCKL

Liebe Andrea, du hast dabei alle Rekorde geschlagen! Ich danke dir von ganzem Herzen für die großzügige Unterstützung von ›Der CORONATOR‹. Damit trugst du einen entscheidenden Teil dazu bei, dass dieser Titel realisiert werden konnte. GRACIAS!

AUSSERDEM UNTERSTÜTZTEN DIE ›QUARANTÄNE-CHRONIKEN‹:

HELEN HOFFMANN
ELKE FASHOLZ
EVA UHLICH
ROSI SEIDL
PETRA WAGNER
BEATRIX BACHSTEIN
ANGELA LAWERENTZ

Ich danke euch allen von ganzem Herzen!

ALLEN ANDEREN …

… Erstleserinnen und -lesern der ›Quarantäne-Chroniken‹ danke ich, dass ihr euch die Zeit für meine langen Facebook-Posts genommen habt. Damit wart ihr live beim Entstehen dieses Romans dabei. Ein wie ich finde gelungenes Experiment, musste ich doch täglich neue Episoden abliefern, was ohne Druck von außen schwierig gewesen wäre. Heraus kam dabei mein schnellstes Buch (23 Tage). Euch mit unserem Quarantäne-Tagebuch zu erheitern, bereitete mir große Freude und gab mir das Gefühl, das Beste aus dieser misslichen Lage gemacht zu haben. DANKE!

UND ZULETZT DANKE ICH GANZ BESONDERS … IHNEN!

… für den Kauf dieses E-Books. Ich hoffe, ich konnte Sie mit den ›Quarantäne-Chroniken‹ zum Schmunzeln bringen. ›Der

CORONATOR‹ gibt es übrigens auch als Sonderedition in gedruckter Form (ca. 220 Seiten inklusive 23 toller Grafiken in Farbe). Diese Ausgabe wird jedoch vorerst nicht im Handel erhältlich sein, sondern wird von mir mit persönlicher Widmung versehen als Dankeschön an Sponsorinnen und Sponsoren meiner Buchprojekte verschenkt. Gerne widme ich diese Exemplare auch für Personen Ihrer Wahl, sodass sich die Bücher wunderbar als Geschenk für Ihre Liebsten oder Freunde mit Humor eignen. Damit würden auch Sie in der Danksagung meines nächsten Titels erwähnt, immerhin würden Sie durch Ihr Crowdfunding weitere geplante Satiren unserer Familie mit ermöglichen.

Bei Interesse senden Sie mir doch bitte eine Nachricht unter: info@freundlinger.com oder kontaktieren Sie mich auf Facebook unter: www.facebook.com/EduardFreundlinger.Autor.

VON PROFESSIONELLER SEITE ...

Bedanke ich mich bei Maria Nikolaeva von ARRIBA STUDIO LAB für das wirklich gelungene Cover. Es ist von Hand gezeichnet und du hast es tatsächlich geschafft, dass ich als Karikatur besser aussehe als in Wirklichkeit.

Bei Alexander Strathern und seinem Team der BUCH&MEDIA GMBH in München bedanke ich mich für die schnelle und professionelle Produktion dieses Titels. Ganz besonders möchte ich Dirk Peschl hervorheben. Herzlichen Dank für das tolle Lektorat und dein Verständnis für meinen tiefschwarzen Humor, lieber Dirk.

Bei Herrn Johannes Zum Winkel von der Agentur XTME bedanke ich mich für die wie immer professionelle Gestaltung der

Dateien und seinem Marketingservice. Ohne seinen Bemühungen hätten Sie wohl niemals von ›Der CORONATOR‹ erfahren …
Herzlichen Dank an alle Mitwirkenden! Ihr seid fantastisch,

Euer Eduard Freundlinger